妄想少女の観測する世界
Mousou shojo no
kansoku surusekai.

五島笹羅《ごとうささら》
白神千和《しらかみちわ》

東《あずま》南《みなみ》
安《あん》城《じょう》蛍《ほたる》
春《はる》風《かぜ》髑髏《どくろ》
騎刀戦

「――っ!?」

ベッドに押し倒される。

しかも舌まで入ってきた。

「んっんん……っ」

甘ったるい白神の吐息が顔にかかる。

長い髪が俺の頬を撫でた。

「どこにもいかないで。

ボクとずっと一緒にいて」

安城は小さな子供のように俺にしがみついて離れようとしない。

「お願いだから」

「……安城」

安城は顔をあげ、濡れたような瞳を俺に向ける。

「ボク、怖くて……だから……」

妄想を断ち焼け——
『一《いっ》燈《とう》猟《りょう》断《だん》』

妄想を貫き糺せ――
《注《ちゅう》射《しゃ》禁《きん》詩《し》》
妄想を拒絶し打ち砕け――
《完《かん》魂《こん》相《そう》殺《さい》》

CONTENTS

Mousou Shojo no Kansoku Suru Sekai

妄想少女の観測する世壊

二階堂紘嗣

MF文庫J

口絵・本文イラスト●きみしま青

第１壊　おまえの妄想はもう死んでいる……

「……ウソだろ」

　夏休み明けの九月一日。快晴。

　妹と水族館に行ったり、妹と図書館で宿題したり、妹と市民プールに行ったり、妹と映画を観《み》に出かけたりした夏休みの想《おも》い出《で》に浸《ひた》りながら歩いていたら、通学路の途中にある公園で、俺《おれ》はとんでもないものを発見してしまった。

　ゴミ箱から人間の足が飛び出している。

　間違いなく人間のものだった。マネキンなんかじゃない。それくらいは見分けがつく。片方が素足で、片方がニーソックスにつつまれている。女性の足だ。動いてない。

　ちょっとしたスケキヨ状態だった。

　普通じゃない光景に、俺は呆然《ぼうぜん》と立ちすくむ。

「もしかして……死んでる……？」

　だらだら汗が流れた。暑いのに、ゾッとする。セミの鳴き声が遠のいていく。

　って、突っ立ってる場合じゃなかった。

「や、やばい。事件だ！」

警察に通報しなきゃと思って、ポケットから慌ててスマホを取り出す。

と、そのときだ。ゴミ箱から突き出ている二本の足が、にゅるんと動き出した。

「うわっ!?」

バタ足でもするみたいに空中をキックし始める。どうやら生きてる人っぽい。

死体の第一発見者にならずに済んでホッとした。

けど、この人、なにしてるんだ？　酔っ払いのOLとか？

ゴミに上半身が埋もれていて顔は見えない。

そこで突然、にぎゃー、という奇声がゴミ箱の底から聞こえてきた。

ガサガサガサッとゴミ箱の中身がかき回される。

「ふぎゃあっ！」

女の人の声も聞こえた。酔っ払いのOLにしては幼い感じがする。

ゴミ箱の中でなにか起こっているらしい。

「だ、大丈夫ですか？」

俺《おれ》はバタつく足に組みついた。女の子の素足に直《じか》で触れてる！　なんだ、このぷにっと感は！　柔らかっ！　などと思った途端に、顔面に靴がめりこんだ。

「ぐお、あの、痛っ、こっちから、ごふ、引っ張りますんで」

気合いを入れて『おおきなかぶ』みたいに踏ん張った。そしたら――。

「うおっ！」

「ひあっ！」

思いのほか簡単にすっぽ抜けて、その勢いのまま俺は転倒した。

直後に、むにっ、とした温かなものが腹に乗っかってくる。

「ぬ、抜けました。はふーっ」

見あげると、女の子の背中が見えた。俺の上に座っている。

その子がこっちを振り返った。

前髪ぱっつん姫カットの黒髪少女だ。俺と同い年くらいか。白い子猫を抱いている。

さっきの、にぎゃー、というのは子猫の鳴き声だったのかもしれない。

彼女は「はっ、すみません、すみません」と慌てたような声をあげた。

それに反応するみたいに子猫も暴れ出す。

「わわわっ」

子猫は女の子の短いスカートに潜りこんだ。っていうか、よく見るとメイド服ってやつだった。よくわからないけど、猫耳をつけている。コスプレの人か？

「く、くすぐったいですっ」

その女の子は俺の上で身もだえする。

おかげで彼女のお尻《しり》が俺の腹に、むにむに押しつけられることになった。

「⁉」

「そ、そこはダメですっ」

メイドさん（仮）のスカートの中を子猫が動きまわる。

そのせいで、メイドさん（仮）が身をよじる。

ぐいぐいとお尻《しり》が押しつけられ……って、そうじゃない！　なんとかしないと。

「あの、すんません！」

俺《おれ》はガバッと起きあがって、腕を前に回す。うしろからメイドさん（仮）を抱きしめるような格好になってしまったけど仕方がない。メイドさん（仮）のスカートの中に手を入れた。やましい理由からではない。子猫を捕まえるためだ。

「大人しくしろ」

抱きあげようとしたら、にぎゃー、と声をあげた子猫に左手をひっかかれた。

「痛っ」

子猫は飛び出て、そのまま走り去っていく。

幸いにも、ひっかかれた傷は浅くて、血も出ていなかった。

「手、大丈夫ですか？」

メイドさん（仮）が振り返って訊《たず》ねてくる。

密着状態のままなので顔が近い。

「べつに、たいしたことじゃ……というか、その、どいてもらえると助かるんだけど」

「わわわっ、すみませんっ」

彼女は両手で空中を引っかきながらジャンプし、そのまま飛びこみ開脚前転をきめて、ぴたっと静止した。その動作の意味はわかんなかったけど。

いや、それ以上にわからなかったのは、やはり格好だ。

メイド服に猫耳って……。

右の太ものつけ根近くにホルダーのようなものを装着している。そこにハサミを挟んでいた。凝ったデザインのハサミだった。猫のストラップがぶらさがっていて、ちょっとアンバランスだったけど。

「わたし、重かったですよね？　ごめんなさい」

白くて細い手を俺《おれ》に伸ばしてくる。俺を助け起こそうとしてくれているらしい。

「平気、平気」

俺はメイドさん（仮）の手を借りずに自力で起きあがった。尻《しり》を叩《たた》いて、砂を払う。

正面から向き合ってみると、メイドさん（仮）はそんなに背は高くなくて、俺の胸くらいまでだった。メイドさん（仮）は勢いよく頭をさげる。

「困っていたところを助けていただき、どうもありがとうございましたっ」

「ああ、うん。……ところで、なにしてたの？」

純粋な疑問だったのだけど、口に出してから、やらかしちまったかも、と不安に襲われた。メイドさん（仮）はなにか深刻な事情でゴミ漁《あさ》りをしなければいけなかったのかもしれない。とするとメイド服だって他に着るものがなくて仕方がなく、ということもありうるわけだ。地雷を踏んでしまった可能性もあるぞ。

「子猫がゴミ箱の底から出られなくなっていたみたいなんです」

「ああ、さっきの」

「助けてあげようとしたら、わたしもひっかかって、あんなことに……」

メイドさん（仮）は顔を赤らめた。

「猫、好きなんだ？　ストラップも猫だし」

「はいっ。猫は素晴らしい生命体ですっ。猫がいるだけで、ごはん三杯はいけますっ」

いや、それだと、猫、食べちゃってるみたいだから。

「あの、わたし、白神《しらかみ》千和《ちわ》といいます。お名前を聞かせていただいてもいいですか？」

「俺は木須《きず》一騎《かずき》」

「一騎くん、ですね」

なんかナチュラルに下の名前で呼ばれて、俺はドキリとした。

「お名前が回文になってるんですね。おもしろいですね」

メイドさんあらため白神千和は、猫耳を揺らして微笑《ほほえ》んだ。

訊《き》いていいのだろうか。「なんで、そんな格好してるの？」って。

すごい気になるんですけど。あとハサミも。

でも、俺《おれ》は基本的にチキンなので訊けなかった。

「本当に、ありがとうございました、一騎《かずき》くん。このご恩は一生忘れませんから」

「大げさな」

「それでは、わたしは任務にもど——用事がありますのでっ」

白神《しらかみ》は敬礼をすると、てけてけと走り出した。公園を出ていく前に、自分で自分の足を蹴《け》ってしまって転びそうになっていたけど、転ぶ前でバランスを取って、恥ずかしそうに俺を見た。にへっと笑い、今度こそ立ち去る。

俺はしばらくその場に立ちつくした。

「変な子だったな」

けど、かわいい子ではあった。

自分のおなかを軽く撫《な》でてみる。さっき、そこに女子のお尻《しり》が触れていたのだ、と思うとなんだか体温が残っているような……いや、俺は変態ではない。なに考えてんだ。

「って、今何時だ⁉」

慌てて確認すると、そろそろ八時二〇分だった。

「うお、やばっ」

○　○

「おっはよ、カズくん」

「おお……安城《あんじょう》……ひさしぶり」

息を整える。

「寝坊したの？　ギリギリじゃん」

なんとか、チャイムが鳴る前に二年六組の教室に駆けこんだ汗だくの俺を見て、幼なじみ兼クラスメイトの安城蛍《ほたる》が笑った。

色素の薄いくせっ毛が朝日を浴びてきらきら光っている。左手の小指には星の形をしたオモチャの指輪をはめていた。去年の安城の誕生日に俺があげたやつだ。ちょっとしたジョークのつもりだったのに、なんかいつもつけている。

幼なじみの因果なのか、安城の席は俺の前だった。

「ナッチは起こしてくれなかったわけ？」

ナッチというのは俺の妹のこと。木須菜月《きずなつき》というのが妹の名前。

安城とは小・中・高と腐れ縁が続いている。家が近所ってわけではないけど、学区が同じなのだ。俺と幼なじみということは、ほぼ必然的に妹とも幼なじみということになる。

「あ、えっちなことしようとしたんでしょ？　それで嫌われたんだ。間違いない」

誤った断言をして、俺《おれ》に指を突きつけてくる。

「俺はそこまで歪《ゆが》んでない。ちょっとした夏休みボケだよ」

適当に言って流した。公園でメイド服少女を助けていて遅れた、なんて説明しても信じてもらえないだろうし、バカにされるに決まっている。

「ねえ、朝、起きられないなら、ボクが起こしにいってあげよっか？」

「いいよ、べつに。恥ずかしいし」

「遠慮しなくていいよ。油性のマジック持っていくし」

「なにする気だよ！　なにを俺に描《か》く気なんだよ！」

「乞《こ》うご期待！」

「楽しみにしてるわけじゃないんだよ！　そこは明らかにしろよ！」

と、そこでチャイムが鳴った。

でも、まだ担任は来ていなくて、教室の中はがやがやと騒がしい。

「ってか、すごい汗だくじゃん。つゆだくじゃん」

「走ってきたからな」

安城《あんじょう》は自分のスクールバッグからタオルを出して、俺のおでこに押しつけた。

「ボクのタオルを貸してあげよう。はい」

「いいよ、べつに。汚れるぞ」

「むしろ汚して。カズくんの汁でたっぷりと……ハァハァ」

「気持ちの悪いやつめ」

「ああ、カズくんの軽蔑《けいべつ》の目、ぞくぞくする」

「ドMか」

「ドM……もっと言って。カズくんに罵《のの》られるとボク……」

ちょっと本気で引いた。なので無視して机の中に荷物をしまっていく。

そうしたら安城《あんじょう》は大福もちみたいに頰《ほお》を膨《ふく》らませた。

「ぶーぶー。なんだよ、なんだよー。ボクがこんなに愛してるのに、カズくんは冷たいよ。冷凍みかん並みだよ。カチンコチンだよ」

「はいはい」

「カズくんのカチンコチン！」

「なんか、微妙に違う意味に聞こえるから大声で言うの、やめてもらえます？」

基本的に、安城が言うことを本気にしてはいけない。「安城って俺《おれ》のこと……」などと思って有頂天になったら痛い目を見るね。予知能力者でなくてもわかる。

安城は俺に対してだけこんなわけではなく、相手が誰《だれ》であっても気安く接するのだ。

おかげで、一時期、安城が自分に気があると勘違いした男子どもが大勢いた。「おまえ、そういうのやめろよな」と、何度か注意してみたのだけど、「そういうのってなに？」と本当にわかってない顔で訊《き》いてきたので、俺はもうこいつを矯正するのは諦《あきら》めている。安城蛍《ほたる》は特別天然記念物なのだ。捕獲したりしないで、自由にさせておくしかない。

こういう天然小悪魔は同性からの反感を爆買いするんじゃないか、と心配したこともあったのだけど、本当に嫌味《いやみ》のないやつなので、うまくやっていたりする。

とうわけで、今日も平和だ。

少しすると、担任教師が入ってきた。安城は「おっ」と言い、前を向く。

うちの担任は古文が担当のおじいちゃん先生だ。夏休み明けのあいさつをして、簡単な連絡事項を口にする。

「――先生からは以上です。では、始業式が始まるので体育館に移動してください。今日は校長先生から重要な連絡があるので、くれぐれもサボらないように」

朝のホームルームはやけにあっさり終わった。みんな、ぞろぞろと移動を始める。

「体育館、絶対に暑いよね。やだなー。汗かくし」

「まあ、俺はもうすでに汗だくだから、どうでもいいけど」

「汗で女子のブラウスが透けることに期待するむっつり一騎《かずき》であった。後半へ続く」

「キートン山田《やまだ》のナレーションか」

俺は安城のおでこに軽くチョップする。

「あてっ」

予想通り体育館は暑かった。窓もドアも全開なのに無風。みんな、ドロドロに溶けそうな顔をしていた。いつもは私語が多く「静かに！」と怒られるのだけど、私語さえ話す気が失《う》せるような暑さだった。

全体的にだらけた感じで始業式は始まった。

けど、校長が『今日はみなさんに大切な話があります』と、やけに重々しい口調で言ってから雰囲気が変わった。

『知ってのとおり、この一カ月ほど、県内で通り魔事件が続いていました――』

校長の口から告げられたのは、県内で起きているらしい無差別通り魔事件のことだった。テレビやネットのニュースでも話題になっている。

七月末くらいから数えて被害者はすでに五人か六人くらいになっていたはずだ。

犯人は逮捕されていない。というか外見もきちんと発表されていなかった。

被害者同士につながりはないらしい。性別も年齢も関係がないようだ。

それでも犯行の手口が共通しているので同一犯によるものと思われている。

被害者はみんな、右か左の目玉を一つ奪われている。

想像してみると、けっこうグロい事件だ。

殺人事件ではないにしても、かなり悪質である。

ただ、県内といっても広いから、夏休み中も「気をつけろよ、菜月《なつき》」などと妹に言いながらも、まあこのへんには現れないだろう、と俺《おれ》は思っていた。

でも、校長のひと言で体育館の中がざわっとする。

『我が校の三年生が一人、この夏休み中に被害に遭《あ》われました。犯人はまだ逮捕されていません。警察の見回りは強化されていますが、単独の行動はなるべく控え、夜間の外出は極力避けるように』


始業式が終わって、ゾンビのごとき足どりで各々、体育館を出ていく。

「ねえねえ、カズくん」

教室に向かう途中で安城《あんじよう》が、すすすっ、と近づいてきた。

「やっぱ暑かったね」

「死なす気かと思ったよな」

「うん。……通り魔事件だけどさ、なんか怖いね」

「まさか、うちの学校の生徒から被害が出ると思わなかったな。知ってたか？」

「知らなかったけど、確かに、夜間の外出注意って連絡網、回ってたよね。あれはそういうことだったんだね」

「そういや、電話あったな。宿題、片づけるのに夢中で忘れてた」

うちの高校の生徒が被害に遭《あ》ったのは、夏休み終了直前の八月三〇日だそうだ。

SNSですぐに情報が拡散しそうなものなのに、そういうことはなかった。学校側と警察が協力して情報が漏れないようにしていたみたいだ。

うちの学校は全国的な名門高校ではないけど、一応は進学校ということになっているので、三年生は受験勉強で忙しい。誤った噂《うわさ》が流れて生徒を動揺させないための配慮だったのかもしれないけど、こっちからしたら早く教えておいてくれよ、って話だ。

「目をえぐるなんて、どういうつもりなんだろうね」

「わかんないけど、コレクションしてるとかって話もあるよな」

犯人は医学的知識のある人間じゃないか、というのがもっぱらの噂だ。

ニュースで見たかぎりでは、被害者は襲われた瞬間のことを覚えていないのだそうだ。

たぶん、変な薬とかを使われているんだろう。

「ホラー映画みたいで怖いね。早く犯人、捕まってくれないかな」

「安城《あんじょう》も暗くなってから一人で外出したりすんなよ」

「心配してくれるんだ？」

安城が上目づかいに俺《おれ》を見る。

「そりゃまあ」

「ボクが危ない目に遭ったら助けに来てくれる？」

「だから、危ない目に遭わないように夜道を一人で出歩くなって言ってるんだよ」

「ここは『蛍《ほたる》は俺が守ってやるよ』とか言っておけばいいのに」

「そんな寒いセリフ、今時マンガのキャラでも言わないと思う」

「あ、ボク的にツボなのは、あれ。普段、ツンツンしててヒロインをいじめる系の男子が、いざヒロインが教室中から攻撃されたときに、さっと現れて『こいつのことをいじめていいのは俺だけなんだよね』って言って庇《かば》ってくれるやつ」

安城はそう言って、チラッ、チラッとこっちを見あげてくる。

俺は「やらん」と言って、安城のおでこに再びチョップを入れた。

「あてっ」

まあ、痛くない程度の軽いやつだ。


始業式のあとは普通に授業があった。夏休み明けの授業というやつは実にしんどいものだ。まず椅子《いす》に座っているのがつらい。あと、暑いから腕が汗でじんわり濡《ぬ》れていて、教科書とかノートがべたべたくっつくのもイラッとさせられる。

帰りのホームルームで、部活動は当面、禁止だと言われた。帰宅部の俺には関係ないけど。寄り道をせずに帰るようにと念を押された。

○　○

「ただいま」

スニーカーを脱いでいると「おかえり」と菜月《なつき》がリビングから顔を出した。

「あれ、早いな」

「部活、しばらく中止なの」

かつて俺《おれ》が通っていた中学に在籍する菜月は現在二年生だ。背はちっこいけどバスケ部に所属している。半袖《はんそで》のパーカーにショートパンツという普段着に着替えていた。その上に白いエプロンをつけている。

「妹は若奥さま」

「なに言ってるの、お兄ちゃん。寝違えて首がしっくりこなくなればいいのに」

「真顔で兄を呪《のろ》うなよ」

「それより、お兄ちゃん、通り魔の話って本当？　最近被害に遭《あ》ったのって、お兄ちゃんと同じ高校の生徒なんでしょ？」

「そっちでも話題になってるのか。まあそうだよな」

「あ、やっぱり本当なんだ」

「らしい。知り合いとかじゃないから詳しくは知らないけど」

俺は菜月の正面に立ち、小さな鼻の頭を押しあげてブタ鼻にした。

「ふが」

「おまえも出かけるときは人通りの多いところ選べよ」

「ふがふが」

「父さんの今日の予定は？」

ブタ鼻をやめると、菜月は鼻をすんすんさせた。

「名古屋《なごや》で講演会って言ってたじゃん。明後日まで帰らないよ」

「ああ、そうだっけ」

木須《きず》家は父、俺、菜月の三人構成だ。両親は菜月が小さい頃《ころ》に離婚している。一応、母とは月に一度くらい会うようにしているし、たまに電話もしていた。母はバリバリと外で働くのが好きな人なのだ。そこがカッコいいと俺は思っている。

大学で文化人類学部の教授をしている父と、出版社で働く母は、一緒に生活してさえいなければ良好な関係でいられるらしい。四人でごはんを食べることもある。むかしは両親が一緒にいないことを悲しく思ったこともあったけど、今はこれが普通で、不満はない。

「ところで、もう夕飯の準備？」

時計を見たら、まだ午後五時前だった。

我が家では、できるかぎり家事は分担するようにしている。

ただ、料理に関しては菜月《なつき》が一番うまい。父がつくるものはカレーかシチューの二択だし、俺《おれ》のは「醤油《しょうゆ》」か「焼き肉のタレ」の二種類に味が限定されてしまう。

なので、これだけは得意な菜月に任せることが多かった。

「することないいんだもん。今日はハンバーグね。昨日、買ったひき肉があるから」

菜月のハンバーグはいつもハートの形をしている。前にスマホで写真に撮りながら「兄への愛の形だな」と言ったら、真っ二つに割られたけど。

「ただ、パン粉が切れちゃってたから、ちょうどスーパーに行こうと思ってて」

正直、俺はハンバーグなんて難易度の高いものはつくれない。ひき肉があっても、それはもう「醤油」か「焼き肉のタレ」で炒《いた》める以外の選択肢が浮かばない。

「そうか。じゃあ俺が行く」

まだ外は明るいけど、あまり妹を一人で外出させたくなかった。

「ほんと？　あ、じゃあ、トイレットペーパーもお願い。少なくなってきてるから。それと燃えるゴミの袋も。あと、コーヒーフィルターも必要かな。ついでに洗剤も」

多いな。なぜ昨日、買っておかない。

「忘れそうだからメモっといてくれ。俺、ちょっと着替えてくる。暑くて」

どうせ外に出たら、また汗をかくのだろうけど、少しでもさっぱりしたい。

「うん。まだまだ残暑が厳しいもんね」

菜月はエプロンを翻《ひるがえ》して、てけてけとリビングに戻っていった。

二階にある自分の部屋で着替えたあと、まるっこい文字で書かれたメモを受け取り、家を出た。三分で汗だくになったけど。

近所のスーパーで頼まれたものを購入し、外に出る。気温の落差にくらっときた。

家に続く道をだらだらと歩く。トイレットペーパーのせいで一見大荷物だけど、重いわけではない。夏を惜しむようにセミが鳴いている。

なんとなくだけど、今朝、学校に行くときに通った公園に寄り道してみた。

公園には誰《だれ》もいなかった。子供もいなかったし、散歩をしている人の姿もなかった。

やはり事件のせいだろうか。

もちろん、メイド姿の女の子もいない。

「まあいいや。早く帰ろ」

公園を出て自宅のほうへ足を向けた。

アスファルトに自分の影が長く伸びる。その影を追いかけるみたいにして歩き続けた。

しばらくして、ふと、やけに静かだな、と思った。

そういえば、さっきから一台も車が走っていなかった。

まあ、大きな道路じゃないから特別、変ってわけでもないんだけど……。

「ん?」

いつの間にかセミの声まで聞こえなくなっている。人の話し声も、なにもない。

「……っていうか、ここ、どこだ?」

さっきまで自宅の近所を歩いていた。小さい頃《ころ》からよく知っている場所だ。道に迷うわけがない。なのに、そこは俺《おれ》の知っている場所じゃなかった。

「あれ? おかしいな」

知らない場所を歩いてるってだけじゃない。奇妙なことに風景が歪《ゆが》み始めていた。左右の壁が内側に向かって曲がっていく。まるで魚眼レンズを覗《のぞ》いたみたいに。

目の錯覚……じゃない。

わけがわからず、俺は振り返った。

いつの間にか、俺が歩いてきた道が一本道になっていた。

どこまでもまっすぐなのに、歪んで見える一本道だ。

カーブも交差点もない。壁に切れ目がない。

家、入れないじゃん、って思った。

じわっ、と全身から汗が噴《ふ》き出てくる。心拍数が上昇する。

進行方向に向き直り、俺は小走りで進んだ。早く帰りたい。トイレットペーパーが邪魔すぎる。どんどん速度をあげる。途中で壁に肩をぶつけた。

平衡感覚が狂っているみたいだ。まっすぐに走れなかった。

「……くそ、わけわかんねえ」

荷物をその場に置き、ポケットからスマホを取り出す。菜月《なつき》に連絡しよう。

そう思ったのに、スマホの画面がおかしかった。待ち受け画面にしていた妹の寝顔が消えて、気味の悪い目玉のマークのようなものが浮かんでいる。

どんなにパネルをタップしてもスマホを操作することができない。

俺はあたりを見回した。右を見ても左を見ても誰《だれ》もいない。

脇道《わきみち》は失われ、景色は歪んでいる。気分が悪くなってきた。

空を見あげる。まだ真っ暗ではない。

「あの！　すみません！　誰か！　……火事だ！」

他人に冷たい現代人でも、「火事だ！」と言えば反応してくれると聞いたことがあったので試してみたんだけど、どこからも返事はなかった。

壁をよじのぼって、その向こうの家の人に電話を借りるというのはどうだろう？

迷惑がられるかもしれないけど、やるだけやってみよう。

やけに壁が高い気がするけど、ジャンプすればなんとかなるだろう。そう思って助走をつけようとしたら、突然、壁に一〇センチくらいの亀裂《きれつ》がたくさん生まれた。

「なんだ？」

次の瞬間それらが一斉に開く。それらは、全部、目だった。

ギョロリギョロリと周囲を見回してから、すべての目玉が俺《おれ》をとらえた。

「うわぁあああああああっ!?」

その場で尻《しり》もちをついてしまう。

ほぼ同時に、足音が聞こえてきた。

俺はアスファルトにすっ転んだままの体勢で、そちらを見た。

男の人が立っていた。

俺は慌てて起きあがる。

「す、すみません、あの、なんか、このへんちょっと変じゃないですか？」

理解不能なことに変わりはなかったけど、誰《だれ》かがいるのは心強い。

「景色もおかしいし、誰もいないし、壁に目玉とか埋まって――」

いや、気づいたら、目玉は壁から消えていた。見間違えたのか？

とにかく、俺はその男の人のほうに近づこうとして――でも、すぐに足を止める。

その人の格好が普通じゃなかったからだ。

この暑さの中で黒いコートを着ている。なぜか両目に眼帯をしていた。先割れスプーンのお尻にひもを通して、ペンダントのように首にぶらさげている。

手には水の入ったビニール袋があった。縁日の金魚すくいでもらえるようなやつだ。

でも、その中に入っているのは金魚じゃなかった。

一つの眼球《がんきゅう》だ。それが金魚みたいに水の中を泳いでいる。


「眼球、交換シマセンカ？」


妙に人工的な感じの声で男が言った。鳥肌が立つ。

連想ゲームみたいに、『無差別通り魔』という言葉が浮かんだ。

やばいかも。たぶん、やばい。やばい、やばい、やばいやばいやばいやばい……。

「えっと、すみません。俺、もう行かないと……」

一歩後退する。そうしたら、突然、両目眼帯男が飛びかかってきた。

「なっ⁉」

視界が塞《ふさ》がれているとは思えない動作だった。押し倒され、背中を打つ。

両目眼帯男は首にさげていた先割れスプーンを右手で握っていた。左手で俺の顔を押さえつけてくる。逃げようとしてもうまくいかない。

「……く、そ！」

そして器用に俺の左目のまぶたをぐいっと開かせる。

目の前でスプーンが銀色に光る。

「は、はな――」

「痛クハアリマセン。出血モアリマセン。全《すべ》テハ所詮《しょせん》、過ギ行ク夏ノ夜ノ妄想」

その直後、左目が見えなくなった。

「――っ!?」

先割れスプーンで突き刺されたのだ。

なのに痛くない。というか、なんの感覚もない。

そいつは優雅な仕草でスプーンを引き抜き、立ちあがる。

「嗚呼《ああ》、美シイ」

「ウ、ウソ、だろ……」

俺《おれ》は左のまぶたを手で覆う。

男の持つスプーンの上には目玉が乗っかっていた。

俺の左目が……えぐられた……? まさか、そんな……。

両目眼帯男は、左の眼帯をはずす。そこは真っ暗な空洞になっていた。

そこにスプーンの上の目玉を、するん、と押しこむ。

目玉は、ぐるぐると空洞内で回転し、やがて動くのをやめた。

男は、今度はビニールの袋の中で泳いでいた眼球《がんきゅう》を指でつまみだす。そして無造作に空中に放《ほう》り投げた。眼球がこっちに飛んでくる。

「うわあぁっ」

逃げようとしたけど、立ちあがる前に、左目に激痛が走った。

「ぐう、う、っ……」

涙で視界がにじむ。強く目を閉じ、手で押さえた。まぶたの中で左の眼球が動いているのがわかる。そのうち痛みは消えていった。眼球が動くのをやめる。

俺は恐る恐るまぶたを開いた。右目にはなんの問題もない。

けど、左目がおかしかった。右目とは違うものが見えている。

「な、なんだよ、これ……」

また左のまぶたを閉じて、上から手で押さえた。顔をあげる。

目の前の眼帯男は特徴のない顔に、にたぁ、と不気味な笑みを浮かべた。

「感度良好。貴方《あなた》ノ目トハ、相性ガ良サソウデス」

「なんなんだよ、おまえ……俺になにしたんだよ！」

「視界ノ共有デス」

視界の共有？　わけがわからない。どうなってんだ？

さっき、まぶたを開いたとき、右目は自分の手のひらを映していた。普通だ。

でも、左目はそうじゃなかった。

なぜか俺の全身を映していた。

二つの映像が重なって焦点がぼやけていたけど、確かにそう見えた。

そんなことありえないのに。

「サア、モット、多クノ物ヲ見セテクダサイ。汝《なんじ》、刮目《かつもく》セヨ」

眼帯男が俺《おれ》へ手を伸ばしてきて——。


「妄想を断《た》ち焼け——《一燈猟断《いっとうりょうだん》》」


俺の目の前を炎が走った。

眼帯男は素早く俺から離れる。なにが起きたのかわからない。ただ、眼帯男の黒いコートの裾《すそ》が短くなっていて、焦げたようなにおいが鼻をついた。

「観念してくださいっ、吸生種《きゅうせいしゅ》っ！」

女の子の声がする。

「悪逆非道は、わたしたち夢飼《ゆめかい》が許しませんっ！」

俺は声の主を片目で見やった。最初に白い太ももが映る。次に短いスカート。続いてひらひらしたメイド服とわかって、黒い艶々《つやつや》とした髪と猫耳を確認する。

「……し、白神《しらかみ》？」

今朝、公園のゴミ箱から助けたコスプレ少女、白神千和《ちわ》だった。間違いない。

「なんで……？」

いや、驚くのはそこだけじゃない。

白神は刃《やいば》が一メートル以上ある剣を左右の手に持っていた。

それぞれから炎が噴《ふ》きあがり、刃を赤く輝かせている。

「か、一騎《かずき》くん？　どうしてっ!?」

白神も俺に気づいて驚いたような声をあげた。こちらを振り向いている。

「委員会ノ狗《いぬ》デスカ。無粋デイケマセンネ」

眼帯男は手にしていた先割れスプーンを、ぶんっ、と上から下に振りおろした。どういうトリックなのか知らないけど、その一瞬で、先割れスプーンは三メートルくらいまで巨大化していた。なんだか槍《やり》みたいに見える。

「一騎くんはそこから動かないでくださいっ！」

そう言うと、白神は、だんっ、と地面を蹴《け》って眼帯男に突撃していく。

「でやぁあああああっ！」

二本の剣を眼帯男めがけて振るった。

歪《ゆが》んだ景色の中で、白神の剣と先割れスプーンがぶつかり合い、火花が散る。

「武器の放棄と投降を求めますっ！」

「丁重ニ、オ断《ことわ》リ致シマショウ。望マレタカラコソ、私ハ存在スルノ——デス」

二人は互いに弾《はじ》き合って距離を取り、また激突する。それが何度もくり返される。
なんだこれ？　意味がわからない。なんなんだよこれ？
眼帯男が強引に押しきる。
バランスを崩された白神《しらかみ》は、自分から大きく後退した。
けど、生まれた間合いを眼帯男が一瞬で詰める。
槍《やり》と化した先割れスプーンで白神を突いた。
その一撃を白神は二本の剣を交差させて受けとめる。
あ、と思った。白神が持っているのは、炎をまとった巨大なハサミなのだ。
そうだ。今朝、会ったとき、白神は太もものホルダーにハサミを挟んでいた。
あれと同じデザインだ。あのときは普通のサイズだったけど。
よく見たら猫のストラップもぶらさがっている。
白神はその巨大なハサミで、ざくんっ、と眼帯男の先割れスプーンを切断した。
ハサミがまとっている熱のためなのか、スプーンの断面は熔《と》けていた。
眼帯男はうしろへ逃げる。けど、壁にぶつかって、そこで止まった。
「トドメです！」
白神は武器を失った眼帯男にでかいハサミを向ける。
「ちょ、ちょっと待て、白神！」

傍観者状態だった俺《おれ》も、さすがの事態に慌てた。急いで飛び起きる。

白神につかみかかり、それから眼帯男とのあいだに割りこんだ。

「一騎《かずき》くんっ⁉　なにを――」

「なにをって、いくらなんでもやりすぎだって」

もう少しで殺人事件が起こるところだった。正当防衛を超えている。

俺はちらっと眼帯男を振り返った。眼帯男はスプーンを失ってうなだれている。

眼帯男を牽制《けんせい》しつつ、白神と向き合う。

「こいつは警察に引き渡そう。通り魔の犯人かもしれないし。まずは通報しないと。えっと、白神はスマホ持ってる？　俺のやつ、なんか調子が悪くて」

通報する前に、そのでかいハサミは隠したほうがいいな。たぶん銃刀法違反だ。

「というかさ、ここって、いったい――」

「いけません！　一騎くん、逃げてくださいっ！」

白神はハサミを放して、俺の服をつかむ。

「へ？」

いきなりだったので、閉じていた左目を開いてしまう。

左右の視界がまた妙な具合に重なって――。

黒いコートの内側にびっしりと収納されている先割れスプーンが見えた。

それを手に取るところも。

流れるような動作で先割れスプーンが誰《だれ》かの背中に突き刺さる。

「っ⁉」

背中に激痛が走った。振り返ろうとしたけど、そうする前に、うしろから突き飛ばされて、俺《おれ》は白神《しらかみ》のほうに倒れこんでいた。

「一騎《かずき》くんっ！」

白神が咄嗟《とっさ》に俺を受けとめてくれる。背中が熱い。息ができない。

「一時撤退サセテ頂キマス」

「待ちなさい！」

「私ヨリモ彼ヲ優先スベキデハ？」

「くっ」

「ソレデハ、御機嫌ヨウ」

眼帯男の声が聞こえたけど、俺はもうそっちを確認している余裕なんてなかった。

「これは……場所が場所だけに、肺に達しているかもしれません」

白神が俺の背中を見て、なんか怖いことを言っている。

どういうこと？　って訊《き》きたかったけど、声が出なかった。

それどころか、きちんと呼吸もできなくて咳《せ》きこんだ。

「三つ数えたら抜きます。いいですね、一騎くん？」

俺は返事ができない。

「いきますよ。さん」

またしても背中に激痛が走る。痛いという言葉が意味するところの一〇倍は痛い。

っていうか、三つ数えてないじゃん！　そういうの、お約束だけど！

白神は抜いた先割れスプーンを放《ほう》り捨てた。それは血に濡《ぬ》れているように見えた。

あれが俺の背中に刺さってたってのか？　ウソだろ……。

白神は俺をアスファルトに寝かせてくれる。

「安心してください。必ず助けますから」

いつの間にか視界が二重になることはなくなっていて、今は白神の顔しか見えない。背中がじんわり濡れてくる。ああ、出血してるせいか。

……マジかよ。俺、死ぬのか？

このままだと菜月《なつき》のハンバーグが食べられない。俺が帰らなかったら心配するかな。

俺が死んだら、安城《あんじょう》も泣くかな。

「……ご……め、ん……」

俺はなんとかそれだけ言った。

「大丈夫です。わたしが助けます」

白神《しらかみ》は俺《おれ》の心臓の真上に左手を置く。

「これからわたしは自然の摂理に反したことをします。一騎《かずき》くんは、そのせいで苦しむことになるかもしれません。それでも生き延びる覚悟はありますか?」

俺は答えられない。もう声が出せなかった。出血大サービス中なんだ。

白神は右手を俺の頬《ほお》に添えた。

「ごめんなさい……でも、どうか生きてください」

なぜだろう? 白神の表情がなんだか切なかった。

朦朧《もうろう》としているせいで、そう見えただけなのだろうか……。

白神はそっと上半身を屈《かが》めた。長い髪が垂れて俺の頬をくすぐる。

瑞々《みずみず》しい桃のような、甘い香りがした。

俺は動くことができない。

白神の柔らかなくちびるが、俺のくちびるに重ねられる。

「んん」

どくんっ。

心臓が大きく跳ねあがり——そこで俺の記憶はぷつんと切れた。

○　○

不思議な光景だった。
やけに暗い世界の中で、ゆらゆらと光が揺れている。
人がゆっくりと落下していくのが見えた。
猫の形をしたリュックが目の前で浮いている。
誰《だれ》かが手を伸ばした。けど、リュックには届かなかった。
音はしない。息が苦しかった。口の中が塩辛い。
ああ、ここは海の中なのかもしれない。そう思った。
だとしたら、さっきのは溺《おぼ》れて沈んでいく人達だ。
助けないと、と思った。なのに、俺の意思とは正反対に体は浮上していた。
猫の形をしたリュックが遠ざかる。
その向こうに鉄の塊《かたまり》が見えた。あれは、いったい……。

○　○

「……んん」

変な夢を見た気がする。映画のワンシーンみたいな……。

「一騎《かずき》くんっ！」

上体を起こそうとしたら、突然、誰《だれ》かに抱きつかれた。

「よがっだでずっ。がずぎ、ぐん、無事で、よがだ、です。ずず」

や、柔らかい……じゃなくて、俺《おれ》に抱きついていたのは白神《しらかみ》だった。

「ずびばぜん。わだじが、ぢゃんど、じでれば、ごんだごどには……。ずず」

「え？　ああ……。え？」

状況がさっぱりわからなかった。

俺はなにしてたんだっけ？　菜月《なつき》のかわりに買い物に行って、その帰りになぜか道に迷って、そこで変なやつに襲われて……。というか、ここはどこだ？

見回そうとしたら、左目のあたりに違和感があって、触ってみたら眼帯をつけられているとわかった。

「はずすでないぞ」

声がしたので、白神に抱きつかれたまま、なんとかそちらを見てみた。

車椅子《くるまいす》に乗った女の子がいる。菜月と同じ中学二年生くらいに見えた。際どいビキニを着用している。一応、白いパーカーを羽織っているけど、目のやり場に激しく困る。

「えっと……」

俺がまごついていると、べつの女の人が前に出てきた。

「こちらは貴きお方。キッチン周りのギトギトのごときあなたが、気軽に口をきいてよいお方ではありません（笑）」

今、ごく自然に油汚れと同等として語られたんですけど……。

その女の人は真っ黒なナース服（？）を着ていた。全身、ほぼ真っ黒である。ナースキャップまで黒い。ゴスナースだ。髪も黒くて、肌だけ異様に白かった。（笑）《かっこわらい》と言ってたわりに、くすりともしていなくて、むしろ無表情だ。

メイド姿の白神に、ビキニの車椅子少女に、ゴスナース……。

いかがわしい店か？

「よい。さがれ、髑髏《どくろ》」

車椅子の少女はそう言うと、あっさりと車椅子から立ちあがった。

スリッパが、ぺちん、と床を叩《たた》く足音がする。

あ、立てるんだ。

ゴスナースは「仰せのままに」と言って、一歩さがる。

「ほれ、青少年に貴様のぷにぷにの体を押しつけるのは刺激が強すぎる。離れよ、千和《ちわ》」

車椅子から立ちあがった少女は、小さな手で白神の服のうしろのところをつかんで「むん」と引っ張った。

「わわわっ」

白神《しらかみ》は引っくり返って、下に転がり落ちた。

そこで今さら気づいたのだけど、俺《おれ》はベッドの上で寝かされていたみたいだ。

「だ、大丈夫か、白神？」

身を乗り出してみると、白神はなぜかブリッジの体勢で着地していた。

「問題ありませんっ」

白神はそこから、ぺとん、とお尻《しり》を床に落として、ゆっくり起きあがる。

「一騎《かずき》くんこそ体はどうですか？　背中は痛くありませんか？　心臓は？」

「え？　ああ、とくにどこも痛くない、けど」

そういえば、意識を失う前、俺は背中を刺されたんじゃなかったっけ？

いや、あれは全部、夢だった……のか？

「それより、ここは？」

白い部屋だった。デスクと事務的なキャビネットと、そっけないパイプベッド。

「あと、この人たちは、いったい……」

「ここは『五島《ごとう》クリニック』の診察室だ」

答えたのはビキニの女の子だった。車椅子《くるまいす》に付属しているカバンからデコデコしい名刺ケースを取り出し、さらにそこから名刺を一枚、抜いた。

「わたしはこの五島クリニックの院長である五島笹羅《ささら》だ。笹羅ちゃんと呼ぶといい」

「はあ、どうも」

キラキラ&ラメラメの名刺を受け取る。これって、なんていうか、キャバ嬢とかの名刺じゃないのか。ドラマで見たことあるぞ。ここ、やっぱりクリニックという名のいかがわしい店なのでは……。ってか、院長？　もしかして俺《おれ》よりも年上？　マジで？

「こっちの黒いのは春風髑髏《はるかぜどくろ》だ。わたしの世話係みたいなものだな。優秀だが、見た目以上に腹が黒い。気をつけよ」

春風さんは見下すかのような視線を俺に向けてきた。……怖い。

「千和《ちわ》とはもう顔見知りだな」

「ああ、はい。まあ」

「こちらが名乗ったのだから、あなたも名乗るべきでは？」

春風さんに指摘されて、俺はベッドからおりた。

「すみません。俺は木須一騎《きずかずき》といいまして」

「知っています（笑）」

春風さんは冷たく言い放った。

どうしろと……。

「えーっと、俺はいったい、どうしてここに？」

とりあえず一番ちびっこだけど、責任者らしい笹羅《ささら》ちゃ……さんに訊《き》いてみた。

「いきなりで混乱すると思うが、坊やは死にかけたのだ」

ゾクリと寒気がする。

「《眼球職人《がんきゅうしょくにん》》に背中を刺されたであろう？」

黒いコートを着た眼帯男の姿が頭をよぎった。

「《眼球職人》とは、巷《ちまた》で話題の無差別通り魔の名だ」

俺は眼帯を押さえる。

「現在、坊やの左の眼窩《がんか》にはやつの眼球が入っている」

「ど、どういうことですか？　意味がわからないんですけど……？」

「坊やの目玉とやつの目玉は交換されたんだ」

――眼球、交換シマセンカ？

そんな言葉が思い出される。

わけがわからなかった。俺は混乱しながら白神《しらかみ》を見た。

白神はうるうるしたままの目で俺を見守ってくれていた。

「むん。どこから説明するかな」

笹羅さんは車椅子《くるまいす》にどっかりと座り、腕と足を組む。

春風さんがしずしずと車椅子のうしろに立った。

「まあ、座れ」

うながされて、俺《おれ》はベッドの端に腰かける。

「神因性妄想具現化症《しんいんせいもうそうぐげんかしよう》」

「しんいん……えっと、なんですか？」

「神因性妄想具現化症。人々の想《おも》いが形を持ってしまう現象——ある種の現代病だ」

「聞いたことないですけど」

「だろうな。突然だが、坊やはこの世界をどう思う？」

「どうって……いきなり、なんですか？」

話が飛んだので戸惑う。

「いいことなんてありはしない。がんばっても意味などない。こんな世界はゴミだ。とっくに終わってる。なのに、終わってないフリをしている——そんなふうに思わないか？」

笹羅《ささら》さんは挑むような目で俺を見た。

「子供も大人もストレスフルなこの社会で、『生きている』フリを強要されている。嬉《うれ》しくないのに笑わなければならず、悲しくもないのに涙を流さなければいけない。時折、そのひずみに耐えられず壊れてしまう者もいるが、多くの人間は堪えている。いや、壊れているのに、壊れていないよう振る舞っていると言うべきかな。そうして心の中に誰《だれ》にも伝えることのできない感情を育てていく。『妄想』という形で」

「……妄想」

「空想は夢があって健全だが、妄想は少しばかり病的だな。それでも個人の中で完結している分には、問題はなかった。その均衡が崩れ始めたのはおよそ一〇年前からだ。個人の中で閉じていたはずの妄想が無意識の領域で共有されるようになった。ＳＮＳでつながるように、な。妄想は加速度的に肥大し、あるとき、形を持って現れた」

「妄想が形を持って、って……？」

「そのものズバリだよ。感情の有機体化。これまでの常識を覆《くつがえ》す新たな病の形だな。我々は、天から降ってきたかのごとき、この不可解な現象を神因性妄想具現化症と名づけ、中でも、モンスター化した腫瘍《しゅよう》を吸生種《きゅうせいしゅ》と呼ぶことにした」

「モンスター化……救世主？」

「坊やが想像しているのとは違うだろう。おい、髑髏《どくろ》」

車椅子《くるまいす》の上でふんぞり返っている笹羅さんが呼びかけると、春風《はるかぜ》さんが黒いナース服からスマホを取り出した。画面をタップし、俺のほうに向ける。

『吸生種』

そう書いてある。

「連中は妄想に忠実だ。常識を備えた人間であればできないことも平気で実行する。読んで字のごとく、やつらは『生きる力を吸う種族』なのだ。野放しにするわけにはいかないだろう？　そこで吸生種対策のために組織されたのが国際ＮＧＯ『吸生種撲滅委員会《きゅうせいしゅぼくめついいんかい》』だ。

このクリニックは地方支部に当たる」

「そんな団体、聞いたことないです」

「当然だ。すべては機密情報だからな。大きな混乱が予測されるため、世界規模で秘匿《ひとく》されている。為政者《いせいしゃ》であろうと知らされていないトップシークレットだぞ」

「え？　じゃあ、なんで、俺《おれ》、知らされて……」

「それを話す前に、我々についてもう少し語ろう。とくに、吸生種《きゅうせいしゅ》に対応するための力についてだ」

「……力」

「『吸生種撲滅委員会《きゅうせいしゅぼくめついいんかい》』のメンバーのほとんどが神因性妄想具現化症《しんいんせいもうそうぐげんかしょう》を発症している。毒をもって毒を制す、と言ったところか。わたしも、そして千和《ちわ》もそうだ」

笹羅《ささら》さんが白神《しらかみ》を指さす。

「百聞は一見にしかず、だな。千和、見せてやれ」

「は、はい」

白神はホルダーに挟んでいたハサミを素早く引き抜いた。猫のストラップが揺れる。

「妄想を断《た》ち焼け――《一燈猟断《いっとうりょうだん》》」

呪文《じゅもん》のようなものを唱えると、ハサミは瞬く間に巨大化した。刃《やいば》から炎が噴《ふ》きあがり、室温が上昇する。

「……す、すげえ」

「千和の固有妄想能力――《一燈猟断》だ。神因性妄想具現化症の発症者は『委員会』に保護され、適性検査を受ける。そこで承認されると、『症状』は『固有妄想能力』と認定され、発症者は正式に夢飼《ゆめかい》となる」

白神は巨大なハサミをもとのサイズに戻して、太もものホルダーにしまった。

「夢飼の固有妄想能力は非現実的な状況下にあるほど強化される。我々のこの服装も『非現実性』を助長するためのものだ」

単なるコスプレじゃなかったのか……。

「あの、ユメカイってなんですか？」

「発症者ではあんまりだからな。『委員会』に籍を置く固有妄想能力者のことをそう呼ぶ。夢飼は能力を十全に発揮するべく衣装に力を入れるが、吸生種どもは妄想領域を展開させることで自身の妄想を確固たるものにしている」

「妄想領域？」

「《眼球職人《がんきゆうしよくにん》》が現れたとき、おかしな世界に飲みこまれたように感じなかったか？」

「……あ、魚眼レンズで覗《のぞ》いたみたいに世界が歪《ゆが》んでました」

「それだ。吸生種は自らのテリトリーを現実に侵食させ、力を増幅させる。《眼球職人》は『覗き見たい』という下世話な願望を体現した吸生種だ。千和が追っていたところ、坊やは運悪く、やつと遭遇してしまったというわけだ」

「運悪く、って……」

「坊やはやつに左目を奪われた。そして、今はやつの目を移植されている状態だ。左目を開けば、やつが見ているものが見えるだろう。同時に、坊やが見るはずのものをやつが見ることになる」

「な、なんですかそれ」

「互いに視覚を送受信している状態だな」

「……視覚を送受信？　そんなことが可能なんですか？」

「不可能を可能にしてしまうのが妄想具現化症だ。現在、右目と左目が異なる映像を脳に伝達している状態なので眼帯をさせてもらった。どうだ、眼帯はきつくないか？」

「それは大丈夫です、けど」

笹羅《ささら》さんの説明を聞いていて思い出した。

白神《しらかみ》が眼帯男の首にでかいハサミを突きつけたとき、俺《おれ》は止めに入った。そのときに見えたのだ。黒いコートの中にあった大量の先割れスプーンと、それをつかむ手、そして誰《だれ》かの背中に向かって突き刺す瞬間を。あの背中は、俺のだったんだ。

俺はあのとき、本当に死にかけた。背中を刺されたときの痛みを思い出せる。

あれが夢でもドッキリでもないのなら――。

「俺……なんで今も生きてるんですか？」

普通に会話ができている。もう背中だって痛くない。

「唾液《だえき》を介して千和《ちわ》が妄想移植をおこなったからだ」

……唾液？　そういえば、俺、白神とキスを……。

ちらりと見れば、白神は恥ずかしそうに下を向いていた。

「も、妄想移植ってなんですか？」

「破れた肺および血管、損傷を負った背中の筋肉と骨、皮膚、それらを千和の妄想で補ったのだ」

俺は自分の胸に触れる。心臓はちゃんと鼓動していた。呼吸もできる。

「だが、あくまでも、応急処置と言っておかなければならない」

「え？」

「貴様の損壊した部位は妄想によって、一時的に修復されているにすぎない。破れた紙をテープで留《と》めているようなものだ。まだ不安定な状態にある」

「不安定って、それ、やばいことになったりするんですか？」

「放《ほう》っておけば、妄想は薄れ、血管も肺も再び綻《ほころ》び、出血する」

ゾッとした。

「そこで必要なのが『有幻核《ゆうげんかく》』だ」

「ユウゲンカク……」

「妄想が具現化するといっても、無から有が生まれるわけではない。妄想は物質と結びついて初めて具現化する。有幻核《ゆうげんかく》は妄想と結合した物質のことだ。たとえば、千和《ちわ》のハサミがそうだ」

俺《おれ》は白神《しらかみ》の太もものホルダーに納まっているハサミを見やった。

「固有妄想能力にせよ、吸生種《きゅうせいしゅ》にせよ、これなしでは成立しない」

わかったような、わからなかったような……。

「というわけで、坊やにトップシークレットを話した事情に戻る」

笹羅《ささら》さんが車椅子《くるまいす》の上で足を組み変えた。

「移植した妄想を強化するために、吸生種の有幻核を利用する。坊やに移植した妄想を安定させるには有幻核で補強するのが最も確実だ。事件も解決できて一石二鳥だな」

「事件も解決？」

「こちらから情報を与えるのは危険だが、近いうちに向こうから接触してくるだろう。なんといっても、坊やはやっと眼球《がんきゅう》を共有しているのだから」

「向こうから接触？　あの、よくわかんないんですけど、それってどういう……」

笹羅さんは指でつくったピストルを俺に定めた。

「坊やに協力を乞《こ》うているのだよ。《眼球職人《がんきゅうしょくにん》》を討伐するために力を貸してくれ」

「…………は？」

○　○

「……た、ただいま」

そっと玄関に荷物を置く。妄想領域とやらで放置してきたやつだ。すべて白神が回収していてくれていた。

「もう七時だよ、お兄ちゃん！」

菜月《なつき》がリビングから飛び出してくる。

「なにしてたの！　心配したんだから！　電話も出てくれないし！」

「あ、ああ、うん。すまん。知り合いに会ったから、駅のほうで話してて……」

帰るときになって知ったのだけど、五島《ごとう》クリニックは雑居ビルが立ち並ぶ駅前の一角に普通に存在していた。『吸生種撲滅委員会《きゅうせいしゅぼくめつ》』が所有している建物なのだそうだ。五階建てのビルだった。

「って、どうしたの、その眼帯？　ケガしたの？　大丈夫？」

「そういうわけでは……」

「ならなんで？　そういうのカッコいいと思ってるなら、はずしたほうがいいよ？　恥ずかしいよ？　お兄ちゃんのハンバーグ、肉抜くよ？」

「ぐぬ……。眼帯については気にするな。ほんと、なんでもないから。それよりも、菜月《なつき》。

冷静に受け止めてもらいたいんだけど——」

前置きをしている途中で、

「一騎《かずき》くんの妹の菜月ちゃんですねっ！　かわいいですっ！」

俺《おれ》のうしろから白神《しらかみ》が、ずずい、と姿を現した。

「あ、おい、白神！　ちゃんと俺が説明してからだな」

「わたし、白神千和《ちわ》といいますっ！　よろしくお願いしますっ！」

聞いてない。

白神は菜月の手を、ぎゅっ、とつかんだ。そのまま、ぶんぶんと上下に振っている。

「え？　はれ？　へ？」

菜月は目を白黒させた。それはそうだろう。

だって、いきなり自己紹介してきた女の子がメイド姿なんだから。

「お兄ちゃん……お兄ちゃんが女の子に変態的なプレイを強要して……」

「待て待て待て！　どうしてそういう解釈になる!?」

「だって、お兄ちゃんがこんな卑猥《ひわい》な格好させたんでしょ！」

菜月は白神を守るように前に出て、俺をキッとにらんだ。

「違う！　誤解だ！　えっとだな、白神はコスプレが趣味らしくて――」

「白神さんですね。こちらへ来てください」

　こっちも聞いてねえ。

「え？　あの、その……」

「ちゃんとした服を用意しますから。さぞ、お辛《つら》かったでしょう。身内から犯罪者を出すことになるなんて思いたくなかったですけど、仕方がありません。通報しましょう」

「冤罪《えんざい》すぎる！　俺だって家に着くまでのあいだ、周囲に見られないように必死だったよ！　――って、そういう話じゃなくてだな」

　俺は咳払《せきばら》いをして、本題を切り出す。

「よく聞け、菜月。いきなりだけど、ちょっとのあいだ、白神を泊めることにしたから」

「え？　なにそれ？　どういうこと？」

　戸惑うのも無理はない。俺だって、どうかと思うし。

　でも、こうするのが一番なのだ。

　俺は《眼球職人《がんきゅうしょくにん》》と視界を共有しているうえ、軽く死にかけた……らしい。

　今の俺には有幻核《ゆうげんかく》というものが必要なのだそうだ。そいつで補強しなければ、俺の体を補っている妄想が消えてしまう。それは今度こそ俺が死ぬことを意味していた。

　解決するには《眼球職人》から有幻核を回収するしかない。

有幻核《ゆうげんかく》を失うと、吸生種《きゅうせいしゅ》は活動できない。俺《おれ》の目ももとに戻る。そういう話だった。

問題は眼帯をはずすと、あいつにこちらの位置情報を教えてしまう、ってことだ。

もちろん、こちらからも向こうの居場所がわかるかもしれないけど。

そのへんは慎重にやらないといけない。

白神《しらかみ》は俺を護衛してくれることになった。幸いにも父親は出張中なので、事情を説明しなければならない相手は菜月《なつき》だけだ。なんとかごまかしたい。

「あー、白神が契約してた部屋の更新にミスがあったらしくて、住む場所がなくなっちまったんだよ。親御さんは海外にいるとかで、すぐに連絡できないみたいだったし、だったら、手続きがちゃんと済むまで泊まってもらってもいいかなって」

一応、そういう言いわけを用意していた。

菜月は目を細めて白神を見たあと、視線を俺に移す。

「白神さんはお兄ちゃんの彼女なわけ?」

「いや、そういうんじゃないけど」

「そうだよね。お兄ちゃんに彼女がいるわけないし」

ひどい。

「白神はあれだ。高校の？　同級生？　的な？　困ってるみたいだったからさ」

「なんか怪しい」

菜月はすべすべの眉間《みけん》にしわを寄せた。

「あ、怪しくないって。安心しろ、俺は妹一筋だから！」

「それはむしろ不安だよ」

「一騎《かずき》くんと菜月ちゃんは、とても仲がいいんですね」

「そうなんだ」「違います」

俺と菜月は同時に言い、白神は「息ぴったり」と笑う。

菜月は大きなため息をついた。再度、白神を見あげる。

「わかりました。通り魔事件もありますし、女の子一人じゃ不安でしょうから泊まっていってください」

「ありがとうございますっ！」

白神はまた菜月の手を握りしめて、ぶんぶんと上下に振った。

本当は通り魔に襲われたのは俺のほうで、白神が助けてくれたんだけどな。

「ところで、白神さんは、どうしてそんな格好を？　本当にお兄ちゃんに無理やり着せられたわけじゃないんですか？」

そこ、ずっと疑ってるのな……。

「これはですね、夢飼《ゆめかい》が固有妄想能りょ――」

「うわあああああっ！」

俺《おれ》は白神《しらかみ》の言葉を遮《さえぎ》った。

トップシークレットが、あっさりと暴露されるところだった。いきなり信じたりはしないと思うけど、菜月《なつき》を巻きこむ気はない。だから、知らせたくなかった。

「ユメカイ？　モウソウ？　なにそれ？」

「あー、マンガの設定だよ、うん。うちの高校で流行《はや》ってるんだ。白神の服はコスプレだ。俺のこの眼帯もそう」

もう、これで押し通す。これしかない。

「だよな、白神？」

「そ、そうです。そういうあれです。えっと、その……はい」

「ふーん。まあ、犯罪とかじゃないならいいけど」

微妙に納得しきっていないような感じだったけど、それでも菜月は三人分のハンバーグをつくってくれた。

「うわーっ、うわーっ、ハートの形ですっ！　かわいいですっ！　ステキすぎですっ！」

白神はめちゃめちゃ喜んでいた。

「おいひーでぶ」

口いっぱいにつめこみながら、白神は菜月のハンバーグを絶賛した。

なんか大食いキャラみたいな語尾だったけど、そこは流す方向で。

夕食のあとは風呂《ふろ》だ。

「白神《しらかみ》、一応、客なんだし、一番に入れよ」

「ダメだよ、お兄ちゃんっ！」

「なんでだよ？」

「白神さんが入ったお風呂のお湯を採取するつもりでしょ！　絶対ダメ！」

妹は俺《おれ》をどんな目で見てるのかな？

「いえ、わたしの今の任務は一騎《かずき》くんの護衛ですからっ」

「任務？　護衛？　なんのことです？」

やばい。ごまかさないと。そう思ってフォローしようとしたら、白神が続けた。

「なので、わたしは一騎くんと一緒に入りますっ」

「「それが一番ダメ！」」

木須《きず》兄妹の息の合ったダメ出しに「わわわっ」と白神はのけぞった。

結局、俺が一番で、そのあとに菜月《なつき》、白神と続いた。菜月は俺が覗《のぞ》いたりしないように扉の前で仁王立ちしていた。だから、これといったサービスシーンもなかった。

まあいいさ。むしろ、それで普通。

湯あがりの白神には俺の部屋着を貸した。サイズが合っていなくて、ぶかぶかしていたが、仕方ない。長い黒髪がしっとりとしていて、ちょっとドキッとする。

「メイド服でないので変な感じです。心許《こころもと》ないです」

いや、メイド服のほうが心許ないと思うけど。

「いつも、あの格好なのか？　寝るときとか、出歩くときも？」

「基本的にはそうです」

「ふーん。ってかさ、《眼球職人《がんきゅうしょくにん》》に襲われたりとか、いろいろ自分のことばかりで、すっかり忘れてたんだけど、白神の家は平気なのか？　親御さん、心配しないか？」

菜月には「親御さんは海外らしくて」なんて説明をしたけど、あれは俺の口から出まかせだ。

冷静に考えると、いきなりの外泊ってまずくないか？

それとも、夢飼《ゆめかい》の任務でこういうことはよくあるんだろうか？

ひょっとすると、白神の親も『吸生種撲滅委員会《きゅうせいしゅぼくめつ》』の一員なのかな？

「それは……大丈夫です。わたし、クリニックでお世話になっているんです。笹羅《ささら》さんがわたしの後見人ですから」

「あ……そうなのか」

正直、後見人という言葉にちょっとビビった。両親が離婚しているので、その手の言葉には敏感なほうだ。白神《しらかみ》には両親がいないのかもしれない。あまり、深入りしないほうがいいと思った。誰《だれ》にだって踏みこまれたくない心の領域というのはある。

「クリニックって寝泊まりできるんだ？」

「はい。表向きは診療施設ですけど、『委員会』の支部ですから」

「なるほど。あ、そうだ。ついでだから訊《き》きたいんだけど、笹羅《ささら》さんって、なんで車椅子《くるまいす》に乗ってるんだ？　足が悪いようには見えなかったんだけど」

「笹羅さんは安楽椅子探偵さんですから。あれも妄想を強固にするためのものですね」

「へえ」

俺《おれ》の知ってる安楽椅子探偵とは、違うような気がするけど……まあいいか。

「じゃあ、春風《はるかぜ》さんは？　世話係とか言ってたけど、あの人は夢飼《ゆめかい》じゃないのか？」

「正確には、髑髏《どくろ》さんは笹羅さんの秘書さんです」

「あ、秘書なんだ？」

ずいぶん、黒い秘書だな。

「あとさ、これもついでっつーか、ちょっと気になってたんだけど、その敬語、べつにいらないから。あんまり年齢変わらないだろ？　俺、一七なんだけど」

「わたしは……一六です。もうちょっとで一七ですけど」

「やっぱり。普通にしゃべればいいよ」

「いえ、その、これは癖でして。これで、普通なのですが……」

白神は俺が貸したぶかぶかの服の裾《すそ》を握って、もじもじしていた。

「そうなのか。まあ、それならいいけど」

「はい。すみません」

「謝ることないって」

白神は「はい」と、小さく笑った。


ずっと起きていて、いざというときにちゃんと反応できないのも困るということで睡眠はきちんと取ることになった。

白神には俺のベッドを使ってもらうことにした。俺は一階のソファで寝ればいい。と思ったのだけど、白神は「一騎《かずき》くんのおそばにいなければ護衛が務まりません。同じ部屋で寝ますっ！」などと主張した。もちろん、そんなもんは却下だ、却下。

で、ソファで横になっているわけだが――。

「……眠れん」

白神と一つ屋根の下にいるということも意識してしまったけど、それ以上に、自分の身に起きていることを受け入れきれていなかった。

スプーンで刺されて死にかけたり……、いや、今も本当は死にかけているだとか、神因《しんいん》性妄想具現化症《せいもうそうぐげんかしよう》だとか、吸生種《きゆうせいしゆ》だとか、夢飼《ゆめかい》だとか……。

俺《おれ》は白神《しらかみ》と協力して、《眼球職人《がんきゆうしよくにん》》を見つけ、有幻核《ゆうげんかく》というものを手に入れなければならない。でも、本当に俺なんか役に立つのだろうか？

ソファから起きあがって、テレビをつけてみた。

暗い部屋の中でそこだけ明るくなる。

瞬間、チェーンソーがうなる音が響いた。どうやら、深夜にホラー映画をやっていたらしい。主人公らしき女の人が黒衣の怪物相手にチェーンソーを振り回している。

「……いや、怖えし」

テレビを消して、ソファに寝転がり、スマホを手に取った。『吸生種撲滅委員会《きゆうせいしゆぼくめつ》』や、その他もろもろの情報がネットに載っていないか検索してみる。

けれど、すべて徒労に終わった。一つもヒットしなかったのだ。

「ま、そうだよな」

俺はあれこれ考えながら、ごろごろとソファの上で寝返りを打ち続けた。

闇《やみ》の中に緑色に光る非常口の案内板が浮かんでいる。

ＰＯＶ映画を見ているような感じ。でも、音はしない。完全なる無音だ。

足もとをかすかに照らす常夜灯があるだけで、映像はひどく不鮮明だった。

常夜灯の位置が少しずつ変わっていく。どうやら階段をのぼっているようだ。

やがて、一つの扉の前で止まる。

映像のこちら側から手が伸び、ノブをひねるのが見えた。

扉を抜け、暗闇《くらやみ》の中を進んでいく。そのうち、一台の車椅子《くるまいす》をとらえた。

映像が横にスライドすると、夜の闇の中に白いカーテンが浮かびあがっていた。

手が再び視界に割りこんできて、カーテンが開かれる。

そこにはベッドがあった。

誰《だれ》かが寝ている。やけに小さな水着を着ていた。かけ布団を蹴《け》飛《と》ばして、細い脚を投げだしている。胸がかすかに上下していた。

笹羅《ささら》さんだ。間違いない。

寝言をつぶやいたのか、その口がむにゃむにゃと動く。

映像はしばらくのあいだ、寝ている笹羅さんに固定されていた。

そこへ、何者かの手が映りこんでくる。

笹羅さんに向かって伸びるその手には、先割れスプーンが握られていた。

「うわっ!?」

俺は飛び起きた。眠れない、眠れない、と思っているうちに眠っていたらしい。

今見たものはなんだ？　夢か？

それにしては、やけにリアルだった。

じわりと全身に冷や汗をかいている。心臓がばくばくと速くなって、口の中が渇く。

なにより、あの先割れスプーンに見覚えがある。

俺《おれ》は左目の眼帯を押さえつけた。寝ているあいだも取れたりはしていなかった。

けど、今見たものが《眼球職人《がんきゅうしょくにん》》の視界と同じものなのだとしたら……。

「さ、笹羅《ささら》さんがやばい」

俺は慌てて眼帯を取った。しかし、なにも見えない。真っ暗だ。

「くそ、どうなってんだよ……」

わけがわからなかった。俺は眼帯をつけ直して、ソファから飛びおりる。充電していたスマホを確認すると、時間は深夜の一時を少しすぎていた。

じっとしているわけにはいかない。白神《しらかみ》に知らせる必要がある。

階段を駆けあがり、自分の部屋のドアをノックする。

「おい、白神？　起きてるか？　なあ、白神？」

返事はなかった。菜月《なつき》を起こしてしまうかもしれないから、廊下で騒ぎたくない。

「あけるぞ？　いいな？」

緊急事態（のはず）なのでドアをあけさせてもらう。

暗くても室内の様子はなんとなくわかる。

白神は俺のベッドで爆睡していた。まったく護衛っぽくない。

「おい、白神！」

電気をつける。

「……あうぅ」

眩《まぶ》しかったのか、白神はベッドの上でまるくなる。俺が貸したTシャツの裾《すそ》がべろんとめくれあがっていた……。

「起きてくれ！　笹羅さんが危ないかもしれない！」

そう言うと、白神は、しぱっ、とまぶたを開いた。

「どういうことですか？」

「変な夢を見た。寝てる笹羅さんが……。なあ、笹羅さんは寝るときも水着姿なのか？」

「はい。そうです」

「だったら、やっぱりそうだ。寝てる笹羅さんとスプーンが見えた。眼帯はしたままだったけど、強制介入されたっていうか、とにかく、あいつが見ている映像が俺にも見えたんだよ！　《眼球職人》は笹羅さんの寝こみを襲ったんだ！」

するとと、白神が勢いよく起きあがった。俺が貸したハーフパンツを脱ぎだす。

「な、ななな、なにしてんだよ!?」

Tシャツの裾《すそ》が長いのでギリギリで隠れているけど、なんとも扇情的な光景だった。

「着替えますっ！　急がないとっ！」

枕《まくら》もとにはメイド服が畳まれて猫耳が載せてあった。

そばにはリボンと猫のストラップがついたハサミも並んでいる。

急いで目をそらした。服を脱いでいるらしい衣《きぬ》ずれの音が聞こえる。

「一騎《かずき》くんは残ってください」

声がしたので、ちらっと見ると、白神《しらかみ》はメイド服へ着替え終えていた。

太ももにホルダーを取りつけ、そこにハサミを納める。

「なに言ってるんだよ。俺《おれ》も行く。連れていってくれ」

「一騎くんではなく、笹羅《ささら》さんを襲撃するとは予想外でした。けれど、これで《眼球職《がんきゅうしょく》人《にん》》の居場所は判明しました。ここにいれば一騎くんは安全です」

「俺の左目、あいつが持ってるんだろ？　今は……見えなくなったけど、あいつと俺の視界が共有されてるなら、役に立てるかもしれない。有幻核《ゆうげんかく》ってのも回収する必要があるわけだし、俺も行く。足手まといにならないように隠れているから。頼む」

「でも……」

「今は、こんなやりとりをする時間も惜しいところだろ」

白神は迷う表情を見せたけど、それはわずかのあいだだった。

「わかりました。でも、夕方のように、前に飛び出したりはしないでください。それと、眼帯もいざというとき以外は取らないように」

「わかった。自転車を使おう。白神はうしろに乗れ」

机の引き出しからカギをつかんだ。菜月《なつき》を起こさないように気をつけつつ、急いで階段を駆けおり、俺と白神は家を出る。解錠して、自転車にまたがった。

「乗れ！」

「はいっ！」

俺は白神の手が肩にかけられたのを確認してから思いきりペダルを漕《こ》いだ。

「ちゃんとつかまってろよ！」

俺は、五島《ごとう》クリニックがある駅方面に向けて自転車を飛ばす。

深夜二時近く。都会じゃないから、駅前はひっそりとしていた。誰《だれ》もいない。

この時間に警察官に見つかったら補導されてしまうだろう。

などと思っていたら――。

「うおっ!?」

突然、周囲の光景が歪《ゆが》んだ。俺はブレーキを強く握る。体が前につんのめった。

夕方、スーパーの帰りに見たのと同じ光景だ。

魚眼レンズを通したみたいに、世界のバランスが狂っている。

「妄想領域に突入したようですっ！　ここはすでに現実ではありませんっ！」

ビンゴだ。あれはやっぱりただの夢じゃなかった。

《眼球職人《がんきゆうしよくにん》》がそばにいるのだ。

白神《しらかみ》は自転車のうしろから飛びおりて着地した。俺《おれ》はそちらを振り返る。

「ど、どうする？」

「一騎《かずき》くんは、どこか隠れられる場所を――」

白神が話している途中で、ドンッ、と爆破音が聞こえた。

ぐにゃりと曲がったビルの一つ、そのガラス張りの壁が吹き飛んだ。

それと同時に、壁の向こうから黒いコートを着た男が飛びおりてくる。《眼球職人》だ。

その手には巨大化して槍《やり》のようになった先割れスプーンがある。

「うひゃひゃひゃひゃ！」

《眼球職人》を追いかけるようにして、二つの影が着地する。

車椅子《くるまいす》に乗った笹羅《ささら》さんとそれを押す春風《はるかぜ》さんだ。

「この笹羅さまの寝こみを狙《ねら》うとは不届きなやつめ！　だが、嫌いではないぞ！」

笹羅さんはパーカーなしの水着姿である。無事だったらしい。

車椅子を押す春風さんのほうは初対面のときと同じゴスナースの格好だった。

笹羅さんはその手にモデルガンを握っていた——けれど。

「妄想を貫《つらぬ》き糺《ただ》せ——《注射禁詩《ちゆうしやきんし》》」

笹羅さんのモデルガンは質量を無視するように組み換わり、メガフォンくらいのサイズになる。リボルバータイプみたいだけど、弾丸が装填《そうてん》されているべきところから注射器が飛び出ているのが、俺のところからでも確認できた。

笹羅さんが引鉄《ひきがね》を引く。すると、注射器が発射された。

《眼球職人》は巨大スプーンを振るう。

瞬間、大爆発が起こった。爆風がこちらまで届いて、俺は自転車から転げ落ちる。

「一騎くん、大丈夫ですかっ⁉」

白神が俺を助け起こしてくれた。

「あ、ああ……。いったい、あの銃、なんなんだ？」

「笹羅さんの固有妄想能力です。注射器内の液体を交換することで様々な効果を得られます。今は液体火薬を用いているようです。一騎くんは爆発に巻きこまれないよう、安全な場所を確保してくださいっ！」

それだけ言うと、白神は俺に背を向け、笹羅さんと春風さんのほうへ駆け出す。

俺《おれ》は白神《しらかみ》に言われたように曲がったビルの陰に身をひそめた。

「妄想を断《た》ち焼け——《一燈猟断《いっとうりょうだん》》」

白神はハサミを抜き、巨大化させる。刃に炎が巻きついていって、赤く染まった。

「加勢しますっ！」

白神はハサミを分離させて二本の剣とし、突撃していく。

「遅い到着、ご苦労さまです（笑）」

「あう」

春風《はるかぜ》さんの毒舌に白神はシュンとなったが、すぐに立ち直る。

「いいところへ来た！　千和《ちわ》、やつを挟《はさ》み討《う》ちにするぞ！」

「了解ですっ！」

「オ揃《そろ》イデスネ、夢飼《ゆめかい》ノ皆サン」

《眼球職人《がんきゅうしょくにん》》は、最初に見たときと同様に両目に眼帯をしていた。なのに、見えているみたいに素早く反応する。コートの内側から先割れスプーンを大量に引き抜き、勢いよく投擲《とうてき》した。

白神の反応も負けていない。飛んできた先割れスプーンをギリギリのところでかわし、アスファルトを踏みしめ、ジャンプする。一瞬のうちに間合いを詰め、分離させたハサミの剣を繰り出した。それを《眼球職人》は巨大化スプーンで受け止めるが、白神のハサミがまとっている炎の熱によってスプーンはあっさりと曲がってしまう。

「ナイスだ、千和！」

「よい働きです（笑）」

春風さんが、車椅子《くるまいす》に座っている笹羅《ささら》さんごと突進した。

笹羅さんは注射器リボルバーをかまえ、引鉄《ひきがね》を引く。

「よい悪夢を《Have a BAD dream》！」

発射された注射器が《眼球職人》の胸に深々と突き刺さった。

「アアアアッアアァアァアァアアァアアッアアッアアッツッ！」

その注射器は、ピストン部分が押し切られた状態だった。

それが自動的に引かれていく。

中身がある場合と違って、「吸引」しているのだ。

不気味で恐ろしい光景だった。悲鳴をあげながら《眼球職人》は見る間に、注射器に吸われて薄っぺらくなっていく。注射器の容量と《眼球職人》のサイズは釣り合ってなんかいないけど、そういうことは完全に無視だった。注射器の中が鮮やかな青い液体で満たされていく。

やがて黒いコートの中身はスカスカになり、アスファルトに落下した。内側に仕込まれていた大量の先割れスプーンが、カラン、カラン、と音を立てる。同時に《眼球職人《がんきゆうしよくにん》》を吸引した注射器もコートの上に落ちた。

「髑髏《どくろ》」

笹羅《ささら》さんが呼びかけると、春風《はるかぜ》さんは車椅子《くるまいす》のうしろを離れ、《眼球職人》を吸いこんだ注射器を拾いあげた。それを笹羅さんに手渡している。白神《しらかみ》はハサミをもとのサイズに戻してホルダーに固定し、俺《おれ》のほう《へ》へ駆け寄ってきた。

「一騎《かずき》くん、ご無事ですか？」

「ああ、うん、まあ問題ない……と思う。見ていただけだし。それより、いったい、どうなったんだ？　これでおしまいなのか？」

「《眼球職人》の捕獲に成功しました。あとは有幻核《ゆうげんかく》を摘出すれば復活できなくなります。一騎くんの左目や体も元通りになりますよ」

「そう、なのか。あっけなかったな」

一件落着らしい。ここまでついてきたけど、結局、俺はなにもしてないな。いや一応、自転車は必死に漕《こ》いだし、そこだけでも役に立った……んじゃないかと思いたい。

「待て！　気を抜くな！」

注射器を眺めていた笹羅さんが、突然、大声をあげる。

白神と俺はその声に驚いて、笹羅さんのほうに視線をやった。

笹羅さんと春風さんは、鋭い目で周囲を見回している。

「妄想領域が解除されていない」

言われて、俺もまわりに目を向ける。目が慣れてしまっていたのか、すぐにおかしいと気づけなかったけど、確かに妄想領域のままだった。

「油断するな、千和《ちわ》！」

笹羅さんは注射器リボルバーをかまえている。

白神も慌てたようにハサミを巨大化させ、「一騎くんはうしろへ！」と言った。

「お、おう」

俺もあたりの気配に注意する。魚眼レンズを覗《のぞ》いたように歪《ゆが》んだ世界は、静寂につつまれていた。俺たち以外には誰《だれ》もいない。

そのまま、じりじりと時間が経過していく。なんの変化もなく、そのことに焦《じ》れる。

《眼球職人》は逃げたのか？　いや、妄想領域がそのままなのだから、近くにいるのか。

……なんだろう。なにかが俺の頭の片隅に引っかかっていた。

なんだか変だ。あらゆることが変なんだけど、それとはべつに、やっぱりおかしい。

でも、なにがどう変なのか、ちゃんと把握できていない。

なにかがずっと引っかかっている。なにか……。

あいつの左目と俺《おれ》の左目は交換された。らしい。

俺にはあいつの見ているものが見えるし、あいつには俺が見ているものが見える。

ただ、目を覆ってしまえば、俺の視界を盗み見られることはないし、あいつの見ているものをこちらが受け取るわけでもない。

だから俺だって眼帯をしていたわけだ。

けれど、さっきの夢では、笹羅《ささら》さんが襲われそうになるのを見た。ハッキングみたいなものなのか、強制的に頭の中にライブ映像を送りこまれていた。

あいつは、なんでそんなことをした？

べつに意味なんてないのか……。

待てよ。待て待て待て。よく考えろ。考えるんだ。

《眼球職人《がんきゆうしよくにん》》は『覗《のぞ》き見たい』という妄想から生まれた。笹羅さんがそう言っていた。これまで無差別通り魔に襲われた被害者は、みんな眼球を失っているだけで、交換されてはいない。なぜか？

――貴方《あなた》ノ目トハ、相性ガ良サソウデス。

きっと、適合しなかったんだ。そして、俺が最初の適合者だった。

なのに、俺が眼帯をしていたために、あいつの左目はなにも映さなかった。

それでは交換した意味がない。あいつの妄想はいつまでも満たされない。

だから、俺に笹羅さんを襲う映像を途中まで見せた。笹羅さんの安否がはっきりしなければ、確認のために姿を現すと踏んだんだ。

つまり、あいつの目的は笹羅さんじゃない。

俺だ！

俺をおびき出したかったんだ！

そこまで考えたところで、突然、眼帯の下の左目に激痛が走った。

「うぁあっあああっあああああっああああああああ!!」

立っていられなくなり、その場に膝《ひざ》をついてしまう。

「一騎《かずき》くんっ！」

白神《しらかみ》の声が聞こえた。でも、正直それどころじゃなかった。

左の目玉が眼帯を押しのけてこぼれ落ちる。それは地面に落下する前に一気に膨張し、そうと認識したときには黒いコート姿の《眼球職人》へと変化していた。

「しくじった！　やつの左目こそが有幻核《ゆうげんかく》だ！」

笹羅さんの叫び。

「今頃《ごろ》気ヅイテモ、手遅レデスヨ」

《眼球職人》の冷めた声。

先割れスプーンが瞬時に巨大化して、鋭利な槍《やり》となる。

それは今までで最も巨大な槍《やり》だった。電柱くらいのサイズがある。

俺《おれ》はそのすべてを残された右目だけで見ていた。

「ソレデハ御機嫌ヨウ、夢飼《ゆめかい》ノ皆サン」

《眼球職人《がんきゆうしよくにん》》が巨大スプーンを投げ飛ばす。

「くそ！」


瞬間、雷に打たれたみたいに体に電気が走り、俺は無我夢中で飛び出していた。

距離からして間に合うはずがなかった。なのに、どういうわけか間に合っていた。

時間が引き延ばされていくような感覚。

俺は白神《しらかみ》の前に割りこんで、《眼球職人》と向かい合う。

「……一騎《かずき》くん？」

白神のつぶやきが聞こえた気がしたけど、気のせいだったのかもしれない。

世界から、すべての音が消えていた。

右目だけでも、なにもかもがよく見える。

《眼球職人》が投擲《とうてき》した巨大なスプーンは、なぜか空中で静止していた。

頭の中で、眠る前にテレビで見た黒衣の怪物と《眼球職人》とが重なる。

それと同時に、怪物に立ち向かっていた女の人の姿を思い出す。

その直後、激しい頭痛が襲ってくる。内側からこじ開けられるような。

「ぐっ」

目眩《めまい》がして、俺は一度、まぶたを強く閉じた。

すると、静寂を切り裂くような凄《すさ》まじいエンジン音が響き、左手に負荷がかかった。

「――!?」

まぶたをあけると、ずっしりと重いチェーンソーが左手にあった。

「な、なんだよこれ？」

慌てて右手で支える。刃が高速回転し、その振動で全身を揺さぶられる。

さっきのホラー映画のチェーンソーそのものだった。

わけがわからない。わかるはずない。でも、今はゆっくりと考えていられない。

「どうとでもなれ！」

俺は大きく一歩を踏み出した。チェーンソーの爆音以外は無音だった。

チェーンソーを突き出す。

回転する刃に巨大なスプーンがぶつかって、ゆっくりと火花が生まれた。

スプーンは竹を割るみたいに真っ二つになった。

チェーンソーの重さに反して、体が軽い。いつの間にか頭痛は消えていた。

頭の中までクリアだ。なにもかもが見通せる。

《眼球職人《がんきゆうしよくにん》》は、先割れスプーンを投げた姿勢のまま止まっていた。

白神《しらかみ》も笹羅《ささら》さんも春風《はるかぜ》さんも停止している。

いや、そうじゃない。みんな、ゆっくりと動いていた。

唐突に理解する。

ああ、そうか。俺の動きが速くなっているんだ。

半分になったスプーンが地面に落下するよりも先に、俺《おれ》は突進する。

「うわああああああああああああああああああああああああっ！」

俺はチェーンソーで《眼球職人》の胴体を薙《な》ぎ払《はら》った。青い煙が噴《ふ》きあがる。

「有リ得ナイ」

《眼球職人》がつぶやいた。それが合図だったかのように、時間の流れがもとに戻る。

《眼球職人》の上半身と下半身が分離し、どさりと倒れた。青い煙の勢いが増し、やがて黒いコートの中身は空っぽになっていく。

俺は呆然《ぼうぜん》とそれを眺めていた。

次第にチェーンソーの回転音が静まっていく。俺がエンジンを切ったわけじゃない。そもそもエンジンを始動させてもいない。ボロボロと部品がこぼれ落ちた。ネジが落ち、外装が崩れ、持ち手の部分もはずれる。それらは水の中に沈むように、地面に吸いこまれて消えていった。

「……どうなってんだ」

チェーンソーを失うと、ドッと体が重くなる。知らないうちに肩で息をしていた。俺はその場に座りこんでしまった。歪《ゆが》んだ景色がまっすぐに戻っていく。

「一騎《かずき》くんっ！」

今度は、ちゃんと白神の声が聞こえた。

見あげると、白神がこっちに駆けてくるところだった。

俺は立ちあがろうとしたのだけど、ぐらりと体が傾いて、目眩《めまい》がして、ちょっと吐きそうで、でも、こみあげるものをなんとか我慢して——。

「……や、ばい」

○　⊙

「うおっ⁉」

目を覚ますと、そこはベッドの上だった。

「え？　あれ……？　俺はいったい……」

突然、誰《だれ》かに抱きつかれる。

「よがっだでず、ずび、がずぎぐん」

むにむに、と柔らかいものが押し当てられた。

「しっ、しししし、白神《しらかみ》!?」

「無事で、よがだ、よがっだでず……ずび。わだじが、不甲斐《ふがい》ないばがりに、がずぎぐんを危険な目に遭《あ》わぜで……ずびずび」

なにやら激しくデジャブなんですけど……。

俺《おれ》は白神に頭をがっつり抱えられた状態で、なんとか視線を周囲に向ける。

そこは、俺の記憶が確かなら五島《ごとう》クリニックの診察室だった。

壁にかかっている時計が五時前であることを教えてくれる。朝の五時か?

「はしたないですよ、千和《ちわ》さん（笑）」

ゴスナースの春風《はるかぜ》さんが白神のメイド服をつかんで、俺から引きはがす。

「左目の具合はどうだね、坊や？」

車椅子《くるまいす》の上には、あぐらをかいて座る笹羅《ささら》さんの姿があった。白クマパーカーを羽織っている。

「視力に問題はないか？」

「え？　あっ!?」

目覚めたときから両目とも普通に見えていたので忘れていたけど、俺は《眼球職人《がんきゅうしょくにん》》に左目をえぐられたのだった。

「《眼球職人》を討伐したことで妄想が消失し、回復したのだ。他の被害者の眼球も同様に回復しているはずだ。世間的に大きなニュースになりすぎたので、火消しが厄介だが、まあ、それは本部でどうにかするだろう」

自分の目が治っていたのでホッとする。

「これにて、世間を騒がせていた無差別通り魔事件は解決だ。坊やの左の眼窩《がんか》に埋めこまれた眼球こそが《眼球職人》の有幻核《ゆうげんかく》だったわけだ。まさしく、灯台もと暗し、というやつだな。やつは坊やと眼球を交換したものの、『覗《のぞ》き見る』という願望を満たすことができなかった。分析が済んでいないので推測にすぎないが、回収のために坊やをおびき出したのであろう。クリニックへ侵入を許したのはどうにも解せないが……まあよい。『吸生《きゅうせい》種撲滅《しゅぼくめつ》委員会』を代表して感謝する。坊やのお手柄だ」

「いや、俺はべつになにも……」

ん？　待て。なにもしてなくないぞ。

唐突に、高速回転するチェーンソーが思い浮かぶ。

噴《ふ》きあがる青い煙や、消えていく《眼球職人》の姿もありありと……。

「思い出したか？　神因性妄想具現化症《しんいんせいもうそうぐげんかしょう》――坊やもそれを発症した」

俺は呆然《ぼうぜん》としてしまう。

……ウソだろ。

「千和《ちわ》の妄想移植がきっかけであろう。固有妄想能力を発動させられるようになった。ただし、やや変則的ではある」

「……変則的？」

「無から有が生まれることはないと話しただろう？　千和はハサミ、わたしはモデルガンを利用して固有妄想能力を使用している。にもかかわらず、坊やは妄想と現実の物質を結びつけずにチェーンソーを召喚した。心象風景から持ってきたのであろうな。心理学的にはチェーンソーは男根の象徴とも言われる。なにかコンプレックスでもあるのかね？」

「し、知らないですよ！」

「恥ずかしがることはない。妄想とはそういうものだ」

「いや、おそらくあれです。眠る前に、ちょっとテレビをつけたらホラー映画やってたんです。ちょうどチェーンソー振り回してる場面だったので、それが印象に残ってて。映画の中の怪物と《眼球職人《がんきゆうしよくにん》》も似てたし」

「むん。なるほど。しかし、これはこれで厄介なことになったな」

笹羅《ささら》さんは頬杖《ほおづえ》をついた。頬がぷっくりと持ちあがる。

「え？　どういうことですか？」

「妄想具現化症を発症した以上は、その事実を『委員会』に報告しなければならない」

「……報告」

「こうして話しているかぎり、固有妄想能力が暴走する兆候《ちょうこう》は見られないが、可能性は否定できん。すまんが、本部からの正式なお達しがあるまで、坊やを我々の管理下に置く」

「管理下って……俺《おれ》、どっかに閉じこめられたりするんですか？」

「案ずるな。坊やは今までと同じように生活すればよい。ただし、毎日、わたしに顔を見せにこい」

「まあ、それくらいなら」

「よし。ああ、それから一応、坊やの固有妄想能力名はこちらで考えておいた。それで報告しておくからな」

「……能力名？」

「命名によって、妄想を現実に固定しやすくするんです」

白神《しらかみ》が補足してくれた。

そういえば、白神はハサミを巨大化させるとき《一燈猟断《いっとうりょうだん》》と言っていた気がする。

笹羅さんのときは、確か《注射禁詩《ちゅうしゃきんし》》だった。

そうか。あれって自分で考えてるのか……。へえ……。

「髑髏《どくろ》」

合図をされた春風《はるかぜ》さんがスマホを取り出して、トントン、画面をタップする。

それから俺《おれ》の前に突き出し、文字部分を拡大した。

画面にはこう書いてあった。

『一騎刀戦《いっきとうせん》』

マジか。イタすぎる。

「え？　あの、これ、決定……じゃないですよね？」

「ああ？　なんだ？　わたしのセンスに文句でもあるのか？」

笹羅《ささら》さんが目つきを鋭くさせる。春風《はるかぜ》さんの視線も怖い。

「い、いや、そういうわけでは……」

「なら、これでよかろう。ああ、それから、忘れてはいけないのが――」

パーカーのポケットから笹羅さんは水晶のような石を取り出す。

「こいつが《眼球職人《がんきゅうしょくにん》》の有幻核《ゆうげんかく》――やつの左目だ」

よっこいせ、と中学生な見た目をしているわりに年寄りくさいかけ声をあげて、笹羅さんは車椅子《くるまいす》からおりた。スリッパが床について、ぺちん、と音を立てる。

「千和《ちわ》、頼んだぞ」

「任せてくださいっ」

白神《しらかみ》は背筋を伸ばし、笹羅さんから有幻核を受け取ると、両手で石を持ち、がじがじ、とかじり始める。

意味不明すぎる。

「な、なにしてるんだ？」

「わたしよりも、千和のほうが適任なのでな」

笹羅さんはまた車椅子に腰をおろす。

「し、白神、大丈夫なのか？　そんなの食べて」

「へーきれふ」

口いっぱいに頬張《ほおば》っているので、ちゃんとしゃべれていない。

「んぐんぐ、んぐんぐ……それでは妄想を補強しますね」

俺の体は妄想移植とかいうものでなんとかなっているだけで、本当は死んでいておかしくないほどの致命傷を負った。

妄想は不安定なため、放《ほう》っておくと、また傷が開いてしまう。

そうならないよう、有幻核というものを摂取しなければならない、だったか。

だとしたら、食べるのは俺のほうでなければいけないんじゃないのか？

「えっと、どうするんだ？」

訊《たず》ねると、白神は顔を真っ赤にした。耳まで赤い。首も赤い。

「妄想は非現実的な状況下で強化される」

笹羅さんが答えた。

「同時に、現実的な行為に還元することで安定する。大切なのは演出だ」

「演出？」

「こ、こうするのです。えいっ」

あ、と思ったときには遅かった。

白神《しらかみ》の顔が迫り――。

「――っ⁉」

くちびるが重なっていた。

「んーっ！　んーっ！　んーっ！」

そのままベッドに押し倒される。しかも舌まで入ってきた。

甘ったるい白神の吐息が顔にかかる。長い髪が俺《おれ》の頬《ほお》を撫《な》でた。なにかが体の内側に侵入してくる。全身の力が抜けていく。心臓の鼓動が速まって、顔も熱くて、目の前がぐるぐると回って、意識が朦朧《もうろう》として……。

「んっんん……っ」

これは父のビールを盗み飲んだときの感じに似ているような……。

早朝五時。

俺は女の子に押し倒されてキスをされながら酔いつぶれた。

第２壊　悲しいけどこれ戦争なのよね！

暗闇《くらやみ》の中で、ゆらゆらと光が揺れていた。
深い海の底に沈んでいく人が見える。
幼い女の子が好みそうな猫の形をしたリュックが目の前をよぎった。
誰《だれ》かが手を伸ばしたけれど、届かない。
その手はひどく小さくて、頼りなかった。
無音だ。
息ができず、口の中に海水が入りこんでくる。
苦しいのに、自由に動くことができない。
手も足も思いどおりにならない。
やがて、俺の意思とは無関係に体が上昇を始める。
猫のリュックが遠ざかる。
その向こうに見える、巨大な白いなにかの塊《かたまり》。

いつか見た——夢だ。

○　○

「——です」

どこからか、かすかに声が聞こえた。

「——きやがれなのです」

なんだか体が重い。胸が苦しかった。

「とっとと起きやがれなのです！」

ぐにっと頬《ほお》を押し潰《つぶ》される感触があって、そこで俺《おれ》は目を覚ました。

「んあ？」

「お。やっと起きやがりましたか、《一騎刀戦《いっきとうせん》》の使い手」

謎《なぞ》の少女が俺の顔を覗《のぞ》きこんでいる。片側で結ばれたカスタードクリームみたいな色の髪が揺れていた。瞳《ひとみ》が青い。頬はまるく、あごはとがっている。どこの二次元に送り出しても、立派にヒロインになれそうな美少女だ。

「この東《あずま》さまが起こしてやったのですから、感謝してむせび泣きやがれですよ、《一騎刀戦》の使い手」

その子はマントみたいなものを羽織っていた。

けど、マントの下の露出度が異様に高い。

ちゃんと服を着てなくて、へそが見えている……。

ここは……俺の部屋だ。自分のベッドの上にいる。カーテンの隙間《すきま》から朝日が差しこんでいた。セミの声が聞こえる。そこまでは普通だ。

ただ、見知らぬ女の子が俺の上で馬乗りになっているというのは、いったい……。

って、えっ⁉

「うぁああああああぁぁああああああっあああああああああああっ⁉」

謎の美少女を突き飛ばす。慌てすぎて俺はベッドから転がり落ちてしまった。

「いきなり、なにをしやがりますか」

突き飛ばされた謎の美少女は俺のベッドの上でむっくり起きあがる。今気づいたけど、頭に王冠のようなものを載せていた。なんか、童話の『裸の王さま』を思い出した。

いや、女の子だから『裸の女王さま』か。

「お、おまえ、誰《だれ》だ？　どこから入ってきた？」

これも今気づいたんだけど、謎の美少女のそばには釘《くぎ》バット的なものが転がっていた。

釘バット的なっていうか、釘バットそのものだな。

「どうしたの、お兄ちゃん！」

菜月《なつき》がノックなしで俺の部屋に突入してくる。

俺《おれ》がでかい声を出してしまったせいだろう。菜月《なつき》は中学の制服にエプロンという新妻スタイルで現れた。朝食の用意をしていたらしくて、手にはフライ返しが握られている。

「おや、《一騎刀戦《いっきとうせん》》の使い手の妹でいやがりますね。資料で読みました」

「お、お兄ちゃん、この人……」

驚いているところを見ると、菜月が招き入れたわけでもないみたいだ。

ということは——。

「逃げろ、菜月！」

こいつは明らかに普通じゃない。釘《くぎ》バットを持って不法侵入するなんて異常すぎる。

「お兄ちゃん、なんてことしてるの！」

菜月が突然フライ返しで俺に襲いかかってきた。

「うわ！　なにすんだよ！」

真剣白刃取りの要領でフライ返しを受け止める。

「女の子を連れこんで、無理やりこんな格好させるなんて最低だよ！」

「連れこんでないよ！」

むしろ、不法侵入されているのだ。

それと、こいつは自分で勝手にこんな格好してるんだ。俺が指定したんじゃない。

……なんか、このやりとり、白神《しらかみ》のときにもあったような気がする。

「悲鳴が聞こえたもん！」

「俺《おれ》のだよ！」

「お兄ちゃん、自首して！」

「なんでそんなに兄を犯罪者にしたいんだ！」

そんな感じで俺が不当に断罪されていると、謎《なぞ》の美少女が「ふむ」と言った。

「妹のほうは、なかなか見所がありやがりますね」

どうでもいいけど、こいつのしゃべりかたは変だと思う。

「わが名は東南《あずまみなみ》、『吸生種撲滅委員会《きゆうせいしゆぼくめつ》』から派遣された夢飼《ゆめかい》です。東さまと呼びやがれです」

謎の美少女あらため東は「にっしっし」と笑った。

《眼球職人《がんきゆうしよくにん》》の事件から一週間ほどが経《た》っていた。

委員会の事後処理によるものなのか、あれから、事件の続報は一切なかった。

犯人に関しても被害者に関しても、だ。

うちの学校の三年生の被害者も、失われた目玉が回復するって、それ前代未聞だろ、と俺は思うんだけど、「移植手術がうまくいったんだね」くらいの認識しかされていなかった。本人もそう思っているらしい。みんな興味を失い、《眼球職人》のことを話題に出さなくなった。部活動の禁止も解除されていた。

今のところ、俺の固有妄想能力とかいうやつが暴走することもなく、護衛の必要もなくなったので、白神《しらかみ》はクリニックに帰った。残念な気がしなくもないけど、まあ、危険がないんだからそっちのほうがいいわけだ。菜月《なつき》には、白神が住む場所は、なんとかなったと説明しておいた。

俺は笹羅《ささら》さんに言われたとおり、毎日、クリニックに顔を出している。

そのときに、白神とすれ違ったり、すれ違わなかったり、みたいな感じだった。

このまま、平和な日常に戻れると思っていたのだけど……。

「コーヒーでいいか？」

「砂糖をたっぷり入れやがれですよ」

東はダイニングの椅子《いす》でふんぞり返っている。

菜月には東のことを学校の知り合いだと伝えておいた。さっきのことは、ドッキリだったということにして押し切った。納得してくれたのか怪しいけど、今は三人分の朝食を用意してくれている。なので、俺が東のコーヒーを淹《い》れた。

「東は笹羅さんのところから来たのか？」

菜月がキッチンにいるあいだに小声で訊《たず》ねてみた。

「東さまと呼びやがれです」

「東《あずま》は笹羅《ささら》さんのところから来たのか？」

コーヒーカップと砂糖ポットを差し出しながら、俺《おれ》は一言一句変えずにくり返す。

東《あずま》は不服そうに頬《ほお》を膨《ふく》らませた。けれど、すぐにコーヒーに砂糖をこんもりと投入し、ずぞぞっ、とすする。

「東さまは、あんなちびっことは関係ないのです」

身長、そんなに違わないと思うけど。

「東さまは、本部から直接派遣されてきたのですよ。敬えです。畏《おそ》れろです」

俺もコーヒーを飲みながら「はあ」とか「へえ」とか、曖昧《あいまい》な返事をした。

「それで朝から無断侵入して、なんの用だよ？」

東はテーブルの端に立てかけていた釘《くぎ》バットを握り、先端を俺の頬に押しつけてきた。

痛くはなかったけど、ぐりぐりされて不愉快だ。

「にっしっし。おまえが妄想具現化症を発症し、固有妄想能力を発現させたという報告を受け、東さま直々に、調査にきてやったのです。保護するのが通例でやがりますが、おまえの場合はイレギュラーと聞いていますからね」

「ああ、そういうことか」

以前、笹羅さんが言っていた「本部からの正式なお達し」ってやつだ。

「おまえが《眼球職人《がんきゆうしよくにん》》を屠《ほふ》ったことは——」

　そこで、俺は素早く釘バットを弾《はじ》いて、東の口を押さえた。

　菜月《なつき》がこちらに近づいてきたからだ。ドッキリだのマンガの設定だの、苦しい言いわけを続けていたら怪しまれる。だったら、そもそも聞かせないのが一番だ。

「なにしてるの、お兄ちゃん？」

　突然の俺の奇行に目をまるくする妹。

「やっぱり変態的なプレイを……」

　……これはこれで怪しまれていた。

「違うよ！　やっぱりってなんだよ！　おまえは、兄をどんな目で見てるんだ！」

　ため息をつく。

「まあいいや。悪いけど、ちょっと、こいつと話してくる。菜月は先に食べてて くれ」

　俺は東の口を塞《ふさ》いだまま廊下に引きずっていった。塞いでいた口から手を放す。

「なにしやがりますか！　撲殺されてーんですか！」

　東が俺につかみかかってきた。

「あいつの前で、夢飼《ゆめかい》だの吸生種《きゆうせいしゆ》だのの話をしないでくれ。機密事項なんだろ？」

「神因性妄想具現化症《しんいんせいもうそうぐげんかしよう》の発症者と、その近親者には説明することが可能でいやがります」

「そうなのか……いや、でも、あいつには言わなくていい」

「なぜでいやがりますか？」

「心配かけたくないんだ。うち、両親、離婚してるし、今もだけど、父さんは家あけてること多いからさ、俺《おれ》がしっかりしてないと不安にさせると思うんだ。だから頼むよ」

「さっきは、自首をすすめていやがりましたが？」

「あれはギャグだからいいんだよ」

「本気に見えやがりましたが」

「とにかく、あいつの前でその手の話題は禁止だ」

「まあ、かまわねーですけど」

「助かる。それで？　東《あずま》は『委員会』から派遣されてきたんだよな？」

今は二人きりなので、はっきりさせておきたかった。

「何度も言わせるなです。この優秀な東さまは、おまえの妄想移植の安定度並びに、固有妄想能力《一騎刀戦《いっきとうせん》》について調査に来てやったのです。《一騎刀戦》が発動していると理解力、視力、運動能力が向上し、相対的に時間の流れを遅く感じやがったそうですね？　事実でいやがりますか？」

「まあ、そんな感じ。……あのさ、その《一騎刀戦》ってのは決定なのか？」

刀で戦うわけでもないから名前に偽りありだと思うし、なにより恥ずかしい。

「すでにこの名で書類が提出されていやがります」

「……あ、そう」

「とにかく、東さまは、しばらくのあいだ、おまえを観察するのです」

「観察？」

「日常生活に支障はないとのことなので、非常時のおまえ次第でやがります。体の機能に問題がなく、能力が安定して使用できるようであれば、『吸生種撲滅委員会《きゆうせいしゆぼくめつ》』が正式に夢《ゆめ》飼《かい》として承認してやるのです」

笹羅《ささら》さんが最初に説明してくれたときにも、そんなようなことを言ってたっけ。

けれど――。

「あのさ、俺、吸生種と戦ったりとか、できれば、そういう危ないことに首を突っこむ気はないんだ。普通の生活に戻りたい。自分勝手って言われるかもしれないけど、それが俺の希望っつーか」

「おまえには《眼球職人《がんきゆうしよくにん》》討伐の実績がありやがるので、実のところ期待されているのですが、まあ、他言無用の誓約書にサインすれば、それも可能でやがります」

「そっか。よかった」

「けれど、逆に、おまえが妄想を暴走させる危険があると判断された場合は――」

東は俺に小さな指を突きつけて「にっしっし」と不自然に笑う。

「隔離施設に強制収容する可能性もあります」

マジかよ。

○　○

教室に到着すると、安城《あんじょう》はもう登校していて、自分の席でぐったりとしていた。確かに今日もセミはやかましく、残暑が厳しいけど、短いスカートを両手でバサバサさせるのはいかがなものだろう。

「あーつーいー」

「おまえな、もうちょっと慎みを持てって」

幾人かの男子が「俺《おれ》は見ていませんよ」という顔をして、チラチラと安城を気にかけているのがわかった。

「へー？」

「スカートだよ。バサバサさせんな」

「なに？　カズくん、見たいわけ？」

「ア、アホか、なに言ってんだ」

「あ、照れてる。かわいい」

「かわいいとか言うな」

「男子ってパンツ好きだよね。なにがいいんだろ？」

「決めつけんな」

「ボクのパンツが見たいなら見せてあげてもいいよ」

その発言が聞こえていたらしい男子どもが、ぴくり、と反応した。

「はあ⁉」

安城はゆっくりとスカートをたくしあげていく。白くて、つやつやで、柔らかそうな太もものつけ根までスカートが持ちあがっていって――。

「バ、バカか！」

俺は慌てて安城のおでこにチョップを入れる。

「あてっ」

安城はスカートから手を放し、おでこを押さえた。いつも小指にしている星の指輪がきらっと光る。同時に周囲から舌打ちが聞こえてきた。

「スパッツ穿《は》いてるから見られても平気なのにー」

「あ、そうなのか」

「……いつもより痛い」

「わ、悪い。加減を間違えた」

「うう。でも、そこはかとなく気持ちいい。できればもう一度」

無視することにした。そのせいで、安城は「むー」と俺をにらんでいた。これも無視して、俺《おれ》はカバンを机の横のフックに引っかける。

東《あずま》は笹羅《ささら》さんに会うためクリニックに向かった。最初に俺の家を襲撃したらしい。どうやって家に入ったのかは教えてくれなかった。

まあ、学校までついてこられなくてよかった。釘《くぎ》バットを持った裸の女王さまと一緒に登校なんてしようものなら面倒なことになるに決まっている。間違いなく通報される。

あの格好、なんとかならないのか……。

一応、東に服を貸してから送り出したんだけど……途中で脱いでいたりして……。

安城《あんじよう》はその場でバタバタと足踏みをして「あーつーいー」とまた言い、それから「あっ」と声をあげた。

「今度はなんだよ?」

安城は自分の席に座ったまま、頭を俺のほうにのけぞらせてくる。

「そういえば、カズくん、知ってる?」

「なにを?」

「連続自殺未遂」

「なんだ、それ?」

「最近、自殺未遂が連続して起きてるんだって」

のけぞらせていた頭をもとに戻し、安城はこちらに向き直る。

「昨日さ、近所の女のひとが救急車で運ばれたの。なんか薬を飲みすぎたとかで、危なかったみたい。遺書もあったって。赤いランプがぐるぐる回ってて、深夜だったけど、人も集まってた。大騒ぎだったんだから。胃の洗浄がどうとか、救急隊の人が怒鳴ってた」

「嫌な話だな」

そう答え、ふと違和感を覚える。

「連続自殺って呼びかた、なんか変じゃないか？」

なんとなく、しっくりこない。集団自殺、というのともニュアンスが違うし。

胸騒ぎを覚える。まさか、また、吸生種《きゅうせいしゅ》がらみだったり……。

「手口が一緒だとか、共通点があるとかか？」

「そういうことは知らないけど、なんか、昨日で四件目らしいんだよ。集まってた人の声が聞こえたんだ。無差別通り魔も不気味だったけど、連続自殺も相当だよね。ただ、全員未遂だからなのか、大きなニュースにはなってないみたいだけど」

安城は、急に真顔になって窓の外を見る。

その表情は普段の安城とは違っていて、とても大人びていた。

「その人が『死んでもいいや』、『死んじゃおう』って思ったのは悲しいけどさ、生き延びてくれてよかったよね。どんなふうに悩んでいたのか知らないから、軽々しくは言えないけど、生き直すチャンスをもらったんだ。有効に使ってくれたらいいよね」

安城《あんじょう》の言うとおりだと思った。どこの誰《だれ》だか知らないけど、その人が死なないでくれてよかったな、と思う。

「おまえ、案外いいやつだよな」

「案外ってなんだよー」

安城が俺《おれ》の肩にパンチを入れてくる。


窓をあけていても、風が吹かないと教室の中はサウナのようだった。

教師も生徒も集中なんてできるわけがなく、みんな、目が死んでいた。

そんな地獄すぎる午前の授業を乗りきり、ようやく昼休みだ、と思っていると――。

「一騎《かずき》くんっ！」

俺の名前を呼ぶ声が教室中に響きわたった。

「あー？　……って、し、白神《しらかみ》!?」

教室の前のドアから俺を呼んだのは白神千和《ちわ》だった。

クラスメイトたちが白神に視線を注ぐ。そして、どよめいた。

無理もない。白神はいつものとおり、メイド服に猫耳という格好をしているんだから。

太もものハサミもちょっと異様だ。

白神はみんなの視線を浴びて「ふおっ」と言ったあと、「お邪魔します」と頭をさげた。

長い黒髪が白神の肩をさらりと流れる。何人かがつられて頭をさげていた。

それから白神はもう一度、「一騎くんっ」と名前を呼んで、俺のほうへ近づいてきた。

今度は俺に視線が集中する。安城も振り返って俺を見た。目が、なんか怒ってる。

「あの子なに？」

「あ、いや……」

「なんで、あんな格好してんの？　コスプレ？　うちの生徒じゃないよね？　見たことない。カズくんのなんなわけ？」

一つも答えられない。

「一騎くん、大変ですっ！　緊急事態ですっ！」

白神が俺の手をつかむ。

白神の手は、不思議とひんやりしていた。こんなに暑いのに汗をかいていない。

安城が「手っ⁉」と、声をあげている。

「新たな吸生種《きゅうせいしゅ》の情報が寄せら――むぎゅ」

俺は慌てて白神の口を塞《ふさ》いでいた。朝もこんなことしてたな、と脳裏をかすめる。

機密情報なのに、東《あずま》といい、白神といい、うかつすぎるだろ。

俺はみんなに「あはは」と笑いかけ、しかし誰も笑わない現実に冷や汗をかき、とにかくこの場から逃げなければと思って、「ふもふも」言っている白神を無理やり脇《わき》に抱えるようにして教室を飛び出した。

「あ、カズくん！　待ってよ！」

安城《あんじょう》に呼ばれたけど、聞こえないフリをした。

昼休みなので学校中が生徒だらけだ。仕方がなく、廊下を走り、階段を駆けあがった。

カギがかかっているから屋上には出られないけど、踊り場には誰《だれ》もいない。

暑いし、ほこりっぽいけど、ここで妥協しよう。

「すまん、白神《しらかみ》。いきなり拉致《らち》るみたいな感じになっちまった」

口から手を放すと、白神は「ぷはっ」と、息を吐き出した。

「大丈夫です」

俺《おれ》は窓をあけた。風が入ってくる。

自然と、俺の目は白神のくちびるに吸い寄せられていた。つやつやで、ぷるぷるだ。

妄想を補強するために、白神と俺はキスをした。意識しないではいられない。

白神もクラスの女子みたいに、リップクリームとかグロスを使うのだろうか？

それとも、なにもしなくても瑞々《みずみず》しいのだろうか？

「一騎《かずき》くん？」

呼びかけられて、我に返る。なに考えてんだよ、俺は。

「いや、なんでもない。えっと……白神、なんで学校にいるんだ？　っていうか、吸生種《きゅうせいしゅ》についてみんなの前で話すのはまずいんじゃないのか？」

「ふのっ」

今ごろ気づいたのか、白神は自分で自分の口を押さえている。遅いけどな。

「いや、まあ、誰もそのことについては気にしてないと思うけど」

仮に気になっても脳内では『救世主』と変換されるはずだ。

発言内容よりも見た目のインパクトが勝っていただろう。

「それで大変ってなんだ？　東《あずま》のこと？」

「そういえば、一騎くんは南《みなみ》ちゃんとお会いになったんですね」

「今朝、襲撃を受けた。そのこと？」

そういや、そのインパクトでかすれてしまっていたけど、変な夢も見たな。海の中で溺《おぼ》れているような光景だった。あれはなんだったんだろう。前にも見たことがある。

夢なんて起きたらすぐ忘れちゃうものなのに、不思議とまだ覚えていた……。

「そうではな――くちんっ」

白神が、やけにかわいいくしゃみをした。ぱっつん前髪がふるっと揺れる。

「ここ、ほこりっぽいからな。場所、変えるか？」

「いえ、平気です。失礼しました」

「それで、どうしたんだ？」

「あ、そうでした！　南《みなみ》ちゃんとは別件です！」

白神《しらかみ》は軽く背伸びをして、俺《おれ》に顔を寄せた。

また、つやつやなくちびるが目に飛びこんできて、俺は反射的にのけぞってしまう。

白神、近すぎるよ。しかも、なんかいい香りがする……。

そんな俺の内心とは正反対に、白神が告げた言葉は重かった。

「連続している自殺未遂についてです！」

○　○

「今頃《ごろ》、到着でいやがりますか」

白神と一緒に診察室に入ると、東《あずま》がデスクの上で釘《くぎ》バットを肩に担ぎながら仁王立ちしていた。せっかく服を貸してやったのに、裸の女王さまスタイルに戻っている。

笹羅《ささら》さんはいつものようにビキニ＆パーカー姿で車椅子《くるまいす》に座り、そのうしろにゴスナースの春風《はるかぜ》さんがついていた。室内は適温に保たれている。

「おまえ、とんでもなく偉そうだな」

あのあと、すぐ教室に戻り、クラスメイトによる質問の集中砲火をかいくぐりながらカバンを抱え、ロッカーからジャージを取り出して、俺は安城《あんじょう》に「早退するから」とだけ伝えた。「え!?　なにそれ!?」と、安城は困惑した声をあげていたが、俺は答えなかった。

学校を出る前に、白神にはジャージを着てもらった。ロッカーにつっこんだままにしてあったものだけど、使っていないからキレイなはずだ。「ふくらはぎに布がひたひた当たって力が出ません」などと、顔が濡《ぬ》れたアンパンマンみたいなことを言っていたけど、我慢してもらい、こうして五島《ごとう》クリニックに到着した。

「東さまは偉いのです。崇《あが》め奉《たてまつ》りやがれです」

言って、ぴょん、とデスクから飛びおりる。

「(笑)」

春風さんが無表情のままつぶやいた。東は春風さんをにらみつける。

白神はそれを見ておろおろしていたが、笹羅さんは気にしていない様子で、車椅子をついーっと走らせ、俺の前までやってきた。

「千和《ちわ》から事情は聞いているか？」

「いや、詳しいことはまだ」

安城が言っていた連続自殺未遂ってのが吸生種《きゅうせいしゅ》に関係しているらしい、ということしか俺にはわかっていなかった。白神は「す、すみませんっ」と小さくなる。

「むん。まあよい。説明しよう」

笹羅さんは車椅子の上であぐらをかいた。

「ことは無差別通り魔事件が起きていた八月まで遡《さかのぼ》る。八月二日の深夜、市内で一人目の自殺未遂者が出た。名は伏せるが一〇代の少女だ。少女は浴室で手首を切るという方法で自殺を試みた。リストカットで死ぬ確率は低いが、もちろん危険であることに変わりはない。出血量が多ければ死のリスクはある。深く傷つければそれだけ出血量は増える。幸いにも両親が物音に気づいて通報し、助かった」

聞いているだけで手首が痛くなる話だ。

「その時点ではただの自殺未遂でしかなかった。不適切な表現かもしれないが、よくある話だ。二人目の自殺未遂は一週間後の八月九日に起きた。これは二〇代の男性だった。彼は一人暮らしをしており、自室で首を吊《つ》るという方法を選んだ」

「その人も助かったんですよね？」

「そうだ。彼の部屋はアパートの二階にあった。カーテンレールを利用し、ロープを首に巻きつけた。しかし、カーテンレールは彼の体重を支えられなかった。結果的に彼は一命を取り留《と》めている。物音に気づいた階下の住人が一一九番通報し、救急搬送された」

すでに東《あずま》も春風《はるかぜ》さんも神妙な顔つきになっている。

白神《しらかみ》に至っては泣きそうだった。

「三人目は少し時間があいて、八月二四日だ。これは一〇代の少年だ。彼は家族が寝静まった深夜、父親名義の車に乗りこみ、隙間《すきま》という隙間をガムテープで塞《ふさ》いで、練炭《れんたん》を焚《た》いた。ガレージの前を通りかかった新聞配達員が気づいて通報している。少年は一時、心肺停止状態だったが、奇跡的に助かった」

部屋の中は重苦しかった。唾《つば》を飲みこむと、耳がキンとする。

「そしてまた時間があいて、昨日だ。やはり市内で一人暮らしをする一〇代後半の女性が病院で処方されている薬を大量に服用し、病院へ運ばれた。日が昇る前から鳴り続ける目覚まし時計の音がうるさく、苦情を言うために訪れた隣人が、様子がおかしいことに気づいて通報した。遺書も残されていた。かなり危険な状態にあったが、なんとか助かった」

安城《あんじよう》が言っていたのはこの事件のことなのだろう。

「あの、俺《おれ》、よくわかんないんですけど、連続自殺っていうのは変じゃないですか？」

安城にも言ったけど、やっぱりおかしい気がした。

「むん。その指摘は正しい」

笹羅《ささら》さんは俺に指のピストルを突きつける。

「自殺というのは自発的な行動だ。無差別通り魔が犯行を重ねるように続くものではない。本来ならな」

「本来なら……」

「人には防衛本能がある。どんなに優秀な催眠術師でも対象者に自殺をうながすことは不可能とされているのだ。その一方で集団自殺というものは存在する。カルト教団の信者が教えに従い、命を絶った例もある。また、自殺報道に触発されて、精神的に追いつめられていた者が死を選んでしまうという事例も存在している」

笹羅《ささら》さんは俺《おれ》に突きつけていた指のピストルをおろした。

「だが、今回はどちらにも当てはまらない。どの自殺未遂者も単独で行動を起こした。それぞれが『未遂』であるために大きなニュースとして扱われていないこともあり、先行者に触発されたとは考えにくい」

未成年もいるわけだから、自殺が遂げられていれば全国ニュースになるはずだ。

でも、未遂ならニュースでは取りあげられることは少ないだろう。

「ただな、それでいてこの四件の自殺未遂には共通点がある。千和《ちわ》」

笹羅さんに呼ばれて、白神《しらかみ》は泣きそうだった表情をあらためる。

「はっ、はいっ！　まず、全員が市内の住民です。そして、みなさん、一命を取り留《と》めたものの、現在も意識不明の状態にあります」

「それが共通点？」

「それだけではありません。自殺の決行時刻が午前二時前後である、ということも共通しています。そして、これが最も重要なことなのですが、全員がある種の密室空間で自殺に踏み切っています」

「……密室空間？」

「はい。一人目の少女は浴室の内側からカギをかけていました。窓は大きく開閉できない仕様です。二人目の男性はアパートの自室をやはり施錠していました。三人目の少年は車内です。内側からガムテープが几帳面《きちょうめん》に目張りされていました。四人目の女性も部屋にカギをかけていました。窓も同様です。現場はすべて密室だったのです」

白神はひと呼吸置いてから告げる。

「にもかかわらず、何者かがその場にいた形跡が残されていました」

「え？」

「おそらく自殺を決行する直前まで、そばに誰《だれ》かがいたのです。浴室には少女のものと一致しない血痕《けっこん》が残され、二件目では階下の住人が、男性と何者かが会話をしているのを聞いています。階下の住人はその時間まで起きていまして、窓辺でアルコールを嗜《たしな》んでいたそうです。そのとき、話し声を聞いたと証言なさっています。カーテンレールに結ばれていたロープも二本ありました。三件目では車内に貼《は》られていたガムテープから少年のものとは異なる指紋が検出され、四件目では薬を服用するためのペットボトルが二人分、残されていました。そして三件目で検出された指紋が、四件目のペットボトルからも検出されています」

「ちょ、ちょっと待て」

こういうことに慣れていないので、頭の中を整理するのに時間がかかる。

「えーっと、つまり、自殺に見せかけて殺そうとしているやつがいるってことか？　そういう証拠をつかんでいるから、連続自殺未遂事件ってことで警察が捜査に乗り出した？」

「正確には少し違います。これらの情報を警察組織は共有できていません。連続自殺、という状況は一部で噂《うわさ》になっていますが、本当に『一つの事件』と見なしている捜査関係者は皆無です。少女のものとは異なる血痕《けっこん》、検出された指紋、現場に二人分、残されたロープやペットボトルの意味、すべては『委員会』だけが把握している証拠です。常識的に考えて、現場にいたもう一人が密室から抜け出す方法などないんです。自殺に見せかけて被害者を殺そうとしていた人物がいたとするのは現実的ではありません」

「……だからこそ、吸生種《きゆうせいしゆ》が関係してる、ってことか」

自殺未遂者のそばに誰《だれ》かがいた痕跡《こんせき》がある。だが、現場は密室状態だった。普通なら誰も外へ出られない。でも、妄想が形を持っただけの存在である吸生種ならそれも可能なのかもしれない。

「この吸生種は――」

そこで東《あずま》が口を開いた。

「潜在的な自殺志願者を死に導くタイプの妄想でいやがるのでしょう。『恐怖を感じず、楽になりたい』という妄想から生まれたに違いねーです。優秀な催眠術師でも自殺をさせることはできねーですが、集団自殺で見られるように、一緒に死のうと持ちかければ相手も了承することが多いのでいやがりますよ。みんなで死ねば怖くねーってやつですね」

「恐怖を感じず、楽になりたい……」

俺《おれ》が呟《つぶや》くと、笹羅《ささら》さんが答えた。

「心中を持ちかけているのだろう。心が弱っている人間に近づき『一緒に死にませんか？』と囁《ささや》きかける。被害者たちにはさぞや甘美な口説き文句であったに違いない」

浴室から少女のものとは異なる血液が検出されたのは、その吸生種も被害者と同じように手首を切ったからだ。カーテンレールにロープが二本垂れていたのは、その吸生種も一緒に首を吊《つ》ったからだ。車内のガムテープに少年以外の指紋があったのは、二人で出口を塞《ふさ》いだからだ。ペットボトルに指紋があったのは、一緒に薬を飲んだからだ。

「『委員会』は《心中請負人《しんじゆううけおいにん》》と命名してやったのです」

東が言い、笹羅さんが引き継ぐ。

「まだ死者は出ていない。不幸中の幸いだな。しかし、一人も目覚めていないというのが気がかりだ。《心中請負人》の効果だろう。自殺未遂者たちは現実に帰りたくないと思っていて、それを叶《かな》えてやっているのかもしれない。だが、よい状況とは言いがたい。《心中請負人》を討伐する必要がある。死者が出てからでは遅すぎるからな。人は死ねば蘇《よみがえ》らん。どんな妄想でも、だ」

一瞬、笹羅さんが白神《しらかみ》を見た気がした。俺も白神に目をやる。

白神《しらかみ》は足もとに視線を落としていた。伏せた目がなぜか悲しげだった。

「それにしても、《眼球職人《がんきゆうしよくにん》》と《心中請負人《しんじゆううけおいにん》》、二件の妄想事件がほぼ同時進行で起きているというのは頻度が高いな」

ぽつりと笹羅《ささら》さんがこぼす。

「なにか作為的なものを感じる。《眼球職人》のクリニック侵入と関係があるのか」

どういう意味だろう……。

訊《たず》ねてみようと思ったのだけど、笹羅さんは「考えすぎか」と首を振った。

「千和《ちわ》、貴様は次の被害者が出る前に《心中請負人》を討ち取れ」

「はいっ」

白神は表情を引き締めて敬礼する。

「坊やも千和に同行するように」

「……俺《おれ》も、ですか？」

「当然でいやがります。なんのためにここへ呼び出したと思っていやがりますか」

東《あずま》が釘《くぎ》バットの先端で俺の頬《ほお》をぐりぐりしてくる。

「この事件は《一騎刀戦《いっきとうせん》》の力を測定するのに絶好の機会でありやがるのです。おまえが同行するのは当たり前なのですよ。東さまも行動をともにしてやるのです。感謝し、食べ物を献上するといいのです。ハッピーターンとか」

人の生死がかかっているのに、それを「絶好の機会」と言った東のことを不謹慎《ふきんしん》だと思った。なんだかちょっと嫌な気分になる。

でも、その苦い気持ちを呑《の》みくだす。

「……行けばいいんだろ、行けば」

○　○

丑三《うしみ》つ時《どき》、というのは古い時間カウントの仕方で、丑の刻を四分割したうちの三番目という意味らしい。むかしは二四時間を十二支で割り振っていた。丑の刻は午前一時から三時くらいまでに相当するので、それを四分割した三番目というのはだいだい午前二時から二時半くらいまでのことだ。「草木も眠る丑三つ時」といえば、気味が悪いくらいに静かな真夜中、ということを意味している。古文のテストで間違えたことがあるので覚えた。どうせなら、テスト前に覚えておきたかったけど。

これまでの犯行から《心中請負人》が活動するのも午前二時くらいと推測されている。

俺は薬月《なつき》に気づかれないように、そっと家を抜け出して、白神＆東と合流した。

集合場所は駅のそばのモニュメントの前だ。終電後なので駅は無人だった。

「すまん。遅れた」

「東《あずま》さまを待たせるとは重罪でいやがります」

東は文句を言ったが、白神《しらかみ》は柔らかく笑ってくれた。

「大丈夫です。一時半ですからちょうどいい時間です」

二人とも丁寧語（?）でしゃべっているのに、この違いはなんだろう……。

この三人で町を見回るのだ。

過去に二日連続で事件が起きたことはなかったけれど、間隔に法則性のようなものも見当たらない。笹羅《ささら》さんが言った「心の弱っている人間」を感知すれば《心中請負人《しんじゅうけおいにん》》は行動するのではないか、というのがこちらの見立てだった。

白神は当然のようにメイド服で、今は俺《おれ》が貸したジャージも着ていなかった。「あとで洗って返しますね」と言われて、安城《あんじょう》じゃないけど、べつにそのままでも、とちょっと思ってしまった。そう思った自分を深く恥じ、俺は自分の手の甲を強くつねっておいた。

東も裸の女王さまスタイルで、釘《くぎ》バットを肩に担いでいる。

警察と鉢合わせしないことを切に願う。

町は静かだった。遠くのほうで車が走る音が聞こえたけど、それくらいだ。

「あのさ、ちょっと思ったんだけど、過去四件から考えると、《心中請負人》は屋内で犯行に及ぶ可能性が高くないか？　見回りなんかで発見できるものなのか？」

歩きながら訊《たず》ねると、白神が答えてくれた。

「確かに、密室に相当する場所が予想されますが、屋内とはかぎらないと思います」

「……ああ、そうか。屋外でも人の出入りがむずかしい空間ってのはあるな」

「はい。それに吸生種《きゆうせいしゆ》が活動するときは、妄想領域が展開されるため、近くで発生すればすぐにわかりますよ。すべての自殺未遂の現場周辺で観測されていますから。残念ながら、対応が後手に回っているのが現状ですが」

妄想領域——《眼球職人《がんきゆうしよくにん》》のときも魚眼レンズ越しに見たように世界が曲がっていた。

「そういや、二件目の自殺未遂のときには階下の住人が起きてたんだよな？　その人は妄想領域に気づかなかったのかな？」

「妄想領域は現実に作用する精神現象ではありますが、両者は並行世界的な関係にあるものと考えてください。吸生種側が意図的に排除したのであれば、その人は現実のほうに取り残されるのです。夢飼《ゆめかい》には通用しませんけどね」

よくわからなかったけど、わかったふうを装って、「なるほど」と言っておいた。

「ただ、逆に言いますと、吸生種を見つけるには妄想領域を手がかりにするしかない、ということになります」

「先手を打てないのが痛いところだな。なんとかできるといいんだけど……」

いくら現場に駆けつけることができても、自殺者が出てしまっては意味がない。

「東さまがいればば問題はねーのです。ポップでキュートで最強でいやがりますから」

東《あずま》はそう言い、ぶんっ、と釘《くぎ》バットをスウィングした。

そこから一時間くらい巡回した。

けど、妄想領域が展開されることはなく、異常は発見できなかった。

なにも起こらなくてよかったような、残念なような、妙な感じだった。

吸生種《きゅうせいしゅ》を早く見つけて対処しないといけない。

でも、それは同時に、誰《だれ》かが死のうとしていることを意味していた。

誰も死のうとしてないなら、そのほうがいいに決まってる。

午前二時半をすぎると、さすがに辛《つら》くなった。眠くてまぶたが重くなってくる。

東が「今日は解散でやがります」と宣言して、帰宅することになったのは、結局、午前三時過ぎだった。

俺《おれ》は白神《しらかみ》と東の二人をクリニックまで送ろうと思った。暗いから危ないし。

けど、白神は「いえ、むしろ、わたしが一騎《かずき》くんを送りますっ！」と主張した。

確かに、俺よりも白神のほうがずっと強い。情けないけど、それが事実だ。

「あー、それじゃあ、頼むわ」

変な意地を張らずに、白神と並んで歩く。

実際、俺は《眼球職人《がんきゅうしょくにん》》の事件以来、固有妄想能力とかいうものを使っていない。

というか、どうすれば使えるのかも、よくわかっていなかった。

《一騎刀戦《いっきとうせん》》なんて名づけられても、いざってときに使えないのでは戦力外だ。

いや、使えないだけなら、まだいいのかもしれない。

暴走させるようなことがあったら、それが一番まずい。

東は隔離施設行きの可能性を口にしていた。

そんなのはごめんだ。俺は普通に暮らしたいだけなんだ。それなのに……。

「……はあ」

思わず、ため息がこぼれていた。

「どうかしましたか？」

隣を歩く白神が控えめに訊《たず》ねてくる。

「ああ、うん。なんでもない。ちょっと疲れただけ」

「すみません。そうですよね。一騎くんは学校にも通っているのに。ど、どうしましょう。一騎くんの寝不足が続いて、成績が落ちて、留年し、退学し、ひきこもって、ニートになってしまったら!?」

「大丈夫だから落ちついてくれ」

俺が考えていたのとは別方向で暗い未来だった。

「そういやさ、昼間、白神が教室に入ってきただろ？　あのときはびっくりしたよ。無理やり早退してきたから、明日はいろいろ言われそうだな」

とくに安城《あんじょう》から。

「あああ、ごめんなさい、ごめんなさいっ！　ご迷惑でしたよね」

「いや、まあ、いいんだけど……」

そこでふと思った。

「白神《しらかみ》は学校行ってないよな？　東《あずま》もそんな感じだし。夢飼《ゆめかい》ってそういうものなのか？」

「えっと、はい。南《みなみ》ちゃんもわたしも、事情は異なりますが、学校には通っていません。わたしたち夢飼は任務が最優先ですので。南ちゃんは優秀な調査員ですから、世界各国を飛び回っているんですよ」

優秀っていうのは、東の自称じゃなかったのか。

「二人とも自分の人生、決めてて、すごいな。俺《おれ》はこの先の進路も不安だってのに」

「そんな、南ちゃんはともかく、わたしなんて、ぜんぜん、すごくないです」

白神は顔の前で両手を振った。

「人助けなんだから、立派じゃないか。妄想具現化症ともちゃんと折り合えているわけだろ。俺なんか固有妄想能力とか言われても、ぴんとこないのに……。なあ、白神はどうして夢飼になったんだ？　やっぱり、発症したのがきっかけだったのか？」

なにげなく訊《たず》ねた瞬間、白神の顔から表情が消えた。その場で足を止める。

「白神？」

俺も立ち止まる。

「あー、その、悪い。訊《き》かれたくないことってあるよな。俺、無神経で」

「……いえ、すみません」

白神は小さな拳《こぶし》をつくって、それから、ぎこちない笑みを浮かべた。

「わたしは、誰《だれ》かの役に立たなければいけないんです。そうじゃないと、存在している意味がないんです」

つぶやき、また下を向く。

「……わたしは、ちゃんと役に立てているでしょうか。みんなに喜んでもらえているでしょうか」

白神がそう言った途端、寂しい気持ちに襲われて、返事ができなくなった。

役に立っていないどころか、白神は俺の命を救ってくれているのだ。

どんなに感謝してもしたりない。

それなのに、白神は自分に価値を見いだせていないようだった。

どういうわけか、白神は自分を取るに足らない存在だと思っているらしい。

なぜそんなふうに思うのだろう？

人工的な明かりに照らされた白神が、ひどく遠く、儚《はかな》い存在に思えた。

すぐ隣にいるはずなのに。

○　○

翌日は見事に寝坊した。

「お兄ちゃん、起きなさすぎ。地球外生命体に連れ去られればいいのに」

「兄がアブダクトされることを願うなよ」

「あたし、先に学校行くからね」

「うす」

急いで朝食を食べ、徒歩では間に合いそうもないと判断して自転車を飛ばしたけど、到着したときにはホームルームは終わっていて、あえなく遅刻となった。

「昨日の変なカッコした女の子、誰《だれ》？」

席についた途端、安城《あんじょう》が怖い日をして振り返った。

「お、おはよう、安城」

「昨日の変なカッコした女の子、誰？」

「……ちょっとした知り合い。誰だっていいだろ」

「なんで早退したの？」

「それは……あ、ほら、授業始まるぞ。前向け、前」

俺《おれ》のごまかすような答えに安城《あんじょう》は不満そうに「むー」と、うなった。

休み時間のたびに、安城から「あの子、誰《だれ》？　なんでメイド服、着てたの？」と質問されたけど、俺は逃げ続けた。授業中には寝不足のせいで何度か意識を失って先生に怒られたけど、なんとか学校での一日をクリアする。

自転車を飛ばして帰宅し、仮眠を取ってから、夕飯をたんまり食べた。

菜月《なつき》に変に思われないよう、普通に過ごし――また、丑《うし》の刻がやってきた。

そっと家を抜け出し、白神《しらかみ》、東《あずま》と集合する。

そうして、三人で町を見回ること一時間。

「……今日もハズレかもな」

静かな夜空を見あげながら俺はつぶやいた。周囲には大型スーパーや家電量販店がぽつぽつと建っているものの、閉店時間をすぎているので誰もいない。たまに車が通ることがあっても、出歩いているのは俺たちだけだった。

「被害者が出ないのであれば、それはそれでいいことですよっ」

「なにを生ぬるいことを言ってやがりますか。吸生種《きゅうせいしゅ》をぶっ潰《つぶ》すには、やつらに動いてもらわねーと困るですよ」

東は、ぶんっ、ぶんっ、と釘《くぎ》バットで素振りをする。

そのうちの一打が唐突に俺めがけて振られた。

「ぬおっ⁉」

ギリギリのところでよける。

「あ、危ねえ……」

「ちっ」

「今、なんで舌打ちしたんだよ！」

「東さまは、おまえの能力を判定しにきているのです。ピンチの瞬間に力を使わねーで、どうすると言いやがりますか」

「そんなこと言われても……」

「妄想を解放するにはイメージが大切でいやがります。頭の中に確固たるイメージを浮かべろです」

「イメージね」

そういや、《眼球職人》《がんきゆうしよくにん》のときも頭に突然、浮かんだんだっけ。

「報告書には、おまえが有幻核《ゆうげんかく》なしで妄想のチェーンソーを召喚したとありやがりました。これは特異な固有妄想能力でやがるのです。早く調べる必要がありやがるので、とっとと召喚しやがれです」

俺は軽く目をつむって、あのときのチェーンソーを思い浮かべてみようと努力する。

「…………」

えーっと、どんなだったっけ？

「……すまん。よく思い出せない」

東《あずま》の釘《くぎ》バットの先で頬《ほお》をぐりぐりされた。

「もしかしたら、危機意識が発動の条件でやがるのかもしれねーです。やはり、吸生種《きゅうせいしゅ》に現れてもらわねーと困るのです」

「能力については置いておくとしても、《心中請負人《しんじゅうけおいにん》》を見つけるには、なにか作戦が必要かもしれないな。このまま毎晩、見回りしてるだけじゃ意味ないし」

とはいえ、すぐに作戦が思いつくわけではないのだけど。

「どうしたもんか……」

と、そのとき。

「ほぁあああっ！」

白神《しらかみ》が奇声をあげた。油断しまくっていたので、めちゃくちゃびっくりした。

「ど、どうした!?」

「猫さんですっ！」

白神が指さすほうを目で追うと、三毛猫がしっぽをゆらゆらさせながら、歩いているところだった。

「ああ、ほんとだ」

俺《おれ》が猫を認めたときには、もう白神は隣にいなかった。猫に突撃している。

「瞬間移動だと⁉」

猫は俊敏な動物だと思うのだけど、白神にあっという間につかまっていた。

白神、すげー。

「素晴らしき、もふもふのかたまりっ！　たまりませんっ！」

しゃがんだ白神は三毛猫を抱きあげていた。その三毛猫は人間慣れしているのか、まったく動じる様子もなく、「お好きになさいよ」と、言わんばかりの余裕をもって体を伸ばしている。首輪はしていないけど、野良ではないのかもしれない。

「そういや、白神って猫好きだったよな。猫耳だし」

初対面のときも子猫を助けていたんだった、と思い出しながら横を見ると、釘バットを振り回していたはずの東も消えていていた。

「あれ？」

気づくと白神の隣に並んでいる。マントの先がアスファルトについてしまっていた。

「あ、東さまにも触らせやがれです」

東は三毛猫の前足の肉球をふにふに連打する。

「や、ややや、やべーのですよ。超絶ウルトラかわいくていらっしゃりやがります」

「同意しますっ。この愛らしさは、まさに一服の清涼剤っ！　かわいすぎて、もう、毛をぶちぶちしたくなりますっ！」

動物愛護団体から訴えられるぞ。

俺《おれ》も二人のほうに歩いていく。三毛猫は「なー」と鳴いた。

が、これまで大人しかった三毛猫は俺が近づいた途端に、白神《しらかみ》の腕の中で暴れ出す。

「わわわっ、猫さんっ」

三毛猫は白神の腕から逃げた。着地した後、俺の足もとをぐるぐると回り出す。

「うわっ⁉」

いきなりの事態に俺は戸惑った。

「おお、気に入られたようでいやがりますね、《一騎刀戦《いっきとうせん》》の使い手」

「あ、これ好かれてるのか。猫を飼ったことがないからよくわかんなかった」

「同じにおいがしやがるのですよ、きっと」

猫くさいって言われたみたいで、あんまり嬉《うれ》しくなかった。

あと、やっぱり足もとにじゃれつかれても、慣れていない俺は踏みつけてしまいそうで怖かった。リアル猫踏んじゃったとか嫌すぎる。俺は三毛猫から逃げようと、ひょいと大《おお》股《また》で移動した。すると、猫は嬉しそうに俺に飛びかかってきた。

「なんでだ⁉」

びっくりして、バランスを崩す。

「一騎《かずき》くんっ」

直後に顔に柔らかな感触があり、白神に抱きとめられたのだとわかった。

が、すぐさま、体が持ちあげられていた。

「へ？」

気づいたらアスファルトに投げ飛ばされている。

「ぐはっ」

「わわわっ、すみません、すみません！　反射的にフロント・スープレックスをかけてしまいました！　だ、大丈夫ですか、一騎くんっ！」

よくわからないけど、プロレス技かな。

「あ、ああ……平気」

白神が慌てて俺を抱き起こしてくれる。

「ケガはありませんか？　痛いところは？　頭は打ちませんでしたか？」

白神がぺたぺたと俺の体に触れてきた。白神の手は柔らかいけど、いつも少し冷たい。

「いや、マジで大丈夫だから。背中にスプーン刺されても生き残ったくらいだし」

「すみません、迷惑ばかりかけてしまって。わたし、本当に役立たずですね」

「そんなことは……」

迷惑なんかじゃなかった。でも、うまく言葉が出てこなかった。白神《しらかみ》が口にした「役立たず」という言葉に胸が痛む。

思っているのに、きちんと伝えることができない。そんな自分にヘコんだ。

「もう二時半でいやがります」

東《あずま》が釘《くぎ》バットでアスファルトをこつこつと叩《たた》きながら言った。

三毛猫はいつの間にかいなくなっている。俺《おれ》が投げ飛ばされたときに、さすがに驚いて逃げていったのだろう。

「今日も無駄足になりそうで――」

そんなふうに東が言いかけたときだ。

突然、世界が反転していた。

なにかの比喩《ひゆ》的な表現とかじゃなくて、本当に上下が反転していたのだ。

気づいたときには、俺たちは空へ落ちていた。

「うわぁあああああああああっあああっあああっ!?」

悲鳴をあげたのは俺だけで、白神と東は動じることもなく、T字の形をした大きな看板を足場にして俺をつかまえてくれていた。

「大丈夫ですか、一騎《かずき》くん？」

「あ、ああ。だ、大丈夫」

「まったく世話が焼けやがります」

引っ張りあげられてから下を見たら、底なしの夜空が広がっていてゾッとした。

二人が助けてくれなかったら、宇宙まで放《ほう》り出されていたのだろうか？

「これも妄想領域ってやつか？」

「はい。近くに吸生種《きゅうせいしゅ》がいるはずです」

白神は真剣な表情に変わっている。ハサミを抜いて右手でかまえていた。

東は「にっしっし」と不敵に笑う。

「出てきやがれですよ！」

俺たちは周囲を見回した。夜とはいえ、明かりもあるし、目だって暗闇《くらやみ》に慣れていたのでその不可思議な光景をはっきりと見ることができた。

さっきまで立っていたはずのアスファルトが頭上にあり、建物が氷柱《つらら》のようにぶらさがっている。世界の上下が入れ替わっていた。そして——。

「見ろ！」

看板につかまりながら、俺は細長い雑居ビルの屋上を指さす。

一〇メートルくらい離れているだろうか。俺たちがいる看板よりも低い位置に人影を二つ発見した。ということは、本来であれば、ビルは看板よりも高いんだろう。

奇妙だった。

俺たちには世界が反転して見えているわけだけど、その二つの人影は普通に屋上に立っていて、柵《さく》から下アスファルトを覗《のぞ》きこんでいる。アスファルトは、今の俺たちからしてみれば、頭上にある。

二人はゆっくりと柵を乗り越え、縁《へり》に立った。

一人は細身のシルエットで、もう一人はスカートを穿《は》いているように見えた。

顔まで、はっきりと見えないけど、どちらも女性らしい。

手をつないでいる。いや、手首を手錠かなにかで固定しているのか。

脳裏に笹羅《ささら》さんの言葉がよぎった。

――心が弱っている人間に近づき『一緒に死にませんか？』と囁《ささや》きかける。

今回は屋内での心中じゃない。二人は屋上から飛びおりる気なのだ。

密室ということでいえば、屋上の扉はきっと開かないように細工されているだろう。

そして、吸生種《きゅうせいしゅ》は死なず、自殺志願者だけが命を危険にさらすことになる。

「おい！　待て！」

俺は大声をあげた。でも、どちらも反応しなかった。

じわりと手のひらに汗がにじむ。

「やめろよ！　おい！　くそ！」

空《むな》しく俺の声だけが響いた。二人の体は徐々に傾いていく。

「――っ」

それは一瞬の出来事だった。

二人が落下《じょうしょう》する直前、白神《しらかみ》が弾丸のように飛び出した。

「妄想を断《た》ち焼け――《一燈猟断《いっとうりょうだん》》」

白神のハサミが巨大化する。刃から炎があがった。白神は落下《じょうしょう》していく二人に体当たりするようにして、その勢いのまま窓を突き破り、見えなくなる。

「白神！」

「東《あずま》さまたちも突撃してやるのです」

そう言うと、東は釘《くぎ》バットを持っていないほうの手で俺の手首を強く握った。

「舌を噛《か》まないよう、口を閉じていやがれです！」

そう言うと、東は俺の手首をつかんだまま、助走なしで大跳躍する。一瞬のうちに白神が突き破った窓に飛びこんでいた。俺はちゃんと着地ができず、「ぐへっ!?」と情けない声を漏らしながら転がった。

それでも、すぐに起きあがる。大丈夫、動ける。

そこはビルの一室だった。空き部屋だったらしく、がらんとしている。空《から》のスチール棚と段ボール箱がいくつか積まれているだけだ。

世界は反転したままだった。

足もとの床に照明が埋めこまれている。つまり、本当ならこっちが天井なわけだ。

棚も段ボールも俺《おれ》からすると天井に固定されているみたいに見えた。

二人の女性が床《てんじょう》に転がっている。どちらが《心中請負人《しんじゆうけおいにん》》なのか。二人の手首には鎖《くさり》の部分が切れた手錠が片方ずつはめられていた。たぶん、白神《しらかみ》が《一燈猟断《いっとうりょうだん》》で切断したのだ。

「油断しないでくださいっ！」

白神がハサミを分離させてかまえると、炎の揺らめきが部屋の中を照らした。

床に倒れていた一方が糸で吊られるように起きあがる。

そちらが《心中請負人》か。

彼女は、黒いドレスを着た女性の姿をしていた。ベールハットとかいうやつだろう、黒い帽子からベールがたれていて顔が見えない。首に、ネックレスではなく、長いロープを巻いているのが異様だった。まるで首吊《くび》り用の縄みたいだ。

「我ノ邪魔ヲスルナッッッ！」

《心中請負人》はスカートの下からカッターナイフを取り出した。それは瞬く間に巨大化して、まっすぐな薙刀《なぎなた》のような形状となった。リストカットどころか、あんなサイズの刃を押し当てたら手首ごと切り落としてしまうだろう。

「抵抗しても無駄でいやがります。こっちは三人。おまえは袋のネズミでいやがるのですよ。諦《あきら》めやがれです」

東《あずま》の呼びかけを、しかし、《心中請負人》は無視する。巨大カッターをかまえたまま、こちらを値踏みするように見回し、俺のところで視線を固定した。その直後、床を蹴《け》る。

「――っっっ！」

突き出される巨大カッターを俺は横飛びになって回避した。天井に転がり、肘《ひじ》をすりむく。立っていた場所が激しくえぐれているのがわかって、ゾッとした。

再び、巨大カッターの刃《やいば》がギラリと光った。

「一騎《かずき》くんっ！」

白神が素早く駆けてくるが間に合わず――。

「妄想を拒絶し打ち砕け――《完魂相殺《かんこんそうさい》》」

目の前で赤い火花が飛び散った。

「まったくもって使えねーでいやがりますね」

東が俺に背を向けるようにして立っている。その手には釘《くぎ》バットではなく、巨大な金棒があった。

「せっかく固有妄想能力を確認するチャンスでやがったの――にっ！」

東《あずま》は敵を押し返す。《心中請負人《しんじゅううけおいにん》》は弾《はじ》き飛《と》ばされて、床に着地《てんじょう》した。ベールがかすかに揺れ、紫色のくちびるが見える。

「不愉快ナ夢飼《ゆめかい》ドモメッッッ！」

彼女は金切り声で叫んだ。再び巨大カッターを閃《ひらめ》かせ、白神《しらかみ》が受け止める。

「武器の放棄と投降を求めます！」

「断《ことわ》ルッ！」

そこへ東が金棒を携えて突撃していった。

「東さまがボコボコにしてやるのです！」

そこからは凄《すさ》まじい攻防が繰り広げられた。反転した天井と床、上下にいる三人の武器がぶつかり合って、暗闇《くらやみ》の中で火花を弾けさせる。

はっきり言って、そこに俺《おれ》がまざるのは危険なだけだ。死ねる自信がある。

それよりも、俺にはすべきことがあった。

《心中請負人》の被害者を救出することだ。

俺は目立たないように部屋の隅に移動して、スチール棚に手をかけた。力を入れてみたけど、こっちに落ちてくるような気配はない。よし、と思って棚をのぼっていく。

女の人は棚から三メートルくらい離れたところに転がっていたので、俺は勢いをつけて棚を蹴《け》り、彼女の服をつかんだ。体重をかけて天井側に彼女を引きずりおろす。彼女の体は、水の中に沈めたビート板が浮きあがろうとするような感じで床に向かって上昇しようとしたけど、必死に抱きとめておく。

女の人の鼻の前に手をかざしてみると、息が当たった。

「……よかった」

彼女は気絶しているだけだ。まだ生きている。

年齢は俺とそんなに変わらなそうに見えた。なのに、この人は死にたいと思ったのか。

そのことが悲しくて、なんだか悔しかった。

彼女も自分が死ななかったことを「よかった」と思ってくれるだろうか……。

ただ、いつまでも重力が反転したこちら側に引きとめてはおけなそうだったので、慎重にスチール棚を伝って、そっと彼女を床《てんじょう》に寝かせる。

室内の中央では激しい応酬《おうしゅう》が続いていた。

金属がぶつかり合う硬質な音と、火花。

ただ、白神と東が押しているような気がする。

「いい加減、降参しやがれです！」

東が金棒を振りかぶった。

「御冗談ヲ」

瞬間、《心中請負人》が消える。

中身を失った黒いドレスと巨大カッターが床《てんじょう》に落ちた。

それと同時に、東《あずま》も振りかぶった金棒を手放す。

「く……」

東は苦しげにうめいた。

「おい、東！」「南《みなみ》ちゃん！」

俺たちの目の前で、東は自分の首を絞めていた。

「東！　なにしてるんだ⁉」

「う、ぐ……ひょ、憑依《ひょうい》……して、きやがった、です」

すぐさま白神《しらかみ》が東に駆け寄る。

「南ちゃんを解放してくださいっ！」

東は自分の首を絞めるのをやめて、金棒からもとに戻った釘《くぎ》バットを拾いあげた。

そのまま白神に襲いかかる。

「――っ⁉」

白神は間一髪のところで、二本の剣を交差させて釘バットを受け止めた。

「東さまの体が……コノ夢飼《ゆめかい》ノ肉体ハ……勝手に動いて……我ノ物」

奇妙なことに東の口から《心中請負人《しんじゅうけおいにん》》の声がした。

「……くうっ……傷ツケタク無ケレバ……ふざけやがってです……下ガリナサイ」

直後、東の蹴《け》りが白神に直撃する。

「白神！」

まともに喰《く》らった白神は、うしろへ転がった。

すかさず東が釘バットを振りあげる。ひゅっ、という風を切る音。

「やめろぉおおおおおおおおおっおおおおおおっおお！」

一歩を踏み出す。全身を電気が貫《つらぬ》くような感覚。頭の中が沸騰する。

脳裏に、チェーンソーの姿が浮かんだ。さっき、東の指示で思い浮かべたときとはまったく違う。ディテールまで鮮明に見えた。

そうと認識したときには、手の中でチェーンソーが爆音を響かせていた。

時間が引き延ばされる。視界が明瞭《めいりよう》になる。エンジン以外の音が消える。

《眼球職人《がんきゆうしよくにん》》のときと同じだ。

釘バットが振りおろされるよりも速く、間合いをゼロに縮める。

そして、正確に釘バットだけを破壊する。木片がスローモーションで飛び散っていく。

俺《おれ》はチェーンソーを手放し、東に体当たりした。

途端に時間の流れが正常になる。俺は東を倒して、上から押さえこんだ。

「捕まえたぞ！」

「——莫迦《ばか》ナッ！　ドウナッテイル!?」

「大人しくしやがれ！」

「放シナサイッ！」

《心中請負人《しんじゆうけおいにん》》が、東《あずま》の体を操って俺《おれ》を蹴《け》りあげた。

膝《ひざ》が思いきり腹に喰《く》いこみ、吐き気がこみあげる。

「ぐっ」

東は俺の手が緩んだ隙に、白神《しらかみ》がぶち破った窓まで駆けていき――外へ飛び出す。

まだ体勢を立て直し切れていない白神が「南《みなみ》ちゃん！」と叫んだ。

それと同じタイミングで東のくちびるが動くのが見えた。

声は聞こえなかったけど、東は確かに言った。

『助けて』

俺は吐き気をこらえて、転がっていたチェーンソーをつかみあげる。一度、手放したせいか、部品がボロボロと分解し始めていた。それでも、再び時間の流れが引き伸ばされていくのがわかった。

「まだ壊れんな！」

俺も東を追って窓から飛び出す。空中にいる東の華奢《きやしや》な手を強く握りしめた。と同時に反転していた世界が元通りになる。アスファルトに向かって俺たちは落下していく。

「止まれっっっ！」

チェーンソーを壁にぶっ刺す。ネジや外装の一部が飛んでいった。効果が切れかけているみたいだ。時間が引き伸ばされていたのはわずかのことで、通常の流れに戻っていく。それでも、妄想のチェーンソーは爆音を立てながら壁を切断していった。

「止まれ、止まれ、止まれ、止まれ止まれ止まれ止まれ！　くそ！　止まれよっ！」

やがて、チェーンソーの回転がやんだ。俺たちも空中で停止する。東と俺自身の体重が肩にかかって痛かったけど、絶対に手を放すもんか、と思った。

「……だ、大丈夫か、東？」

俺は息を整え、震える声で訊《たず》ねる。すぐには返事がなかった。下を見たら、アスファルトまであと二メートルくらいのところだった。ギリギリセーフ。

「おい、東？」

東はこっちを見ない。《心中請負人》が憑依《ひょうい》したままなのか、と俺は身を強張《こわば》らせた。

「……は、放しやがれです」

小さな声が聞こえた。それは俺の知っている東のしゃべりかたっぽかった。

「おまえ、東か？　もう吸生種《きゅうせいしゅ》じゃないのか？」

「……と、とっくに逃げていきやがったのです。いつまで、東さまの手を握っていやがりますか！　セクハラで訴えられてーんですか！」

東はそこで暴れ、俺から自分の手をもぎとった。

「あ、おい！」

東《あずま》は、ぼてん、とアスファルトにお尻《しり》から落ちる。

「ぎゃあ！」

つかんでいたチェーンソーも今度こそ完全に分解された。

俺《おれ》もアスファルトに着地する。

たぶん、《心中請負人《しんじゆうけおいにん》》は東を飛びおりさせた時点で、逃走していたのだろう。

だから、妄想領域が解除されて、世界の反転がもとに戻っていたに違いない。

「平気か？　どっかケガしてないか？」

俺は東に近寄る。すると、東は勢いよく立ちあがった。

「ふおっ、ち、ちちち、近寄るなです！」

東は、暗くてもわかるくらい顔を赤くし、俺が握った手首の部分を撫《な》でている。

「痛かったのか？　悪い、咄嗟《とっさ》だったから、強く握っちまった」

「べ、べつに痛くねーです。こんなの東さまには普通です」

「ちょっと見せてみろよ」

俺が手を伸ばすと、東は「ふぉおおお」と変な声をあげてさがり、そして転んだ。

「どうした？　大丈夫か？　なんかおかしいぞ？」

「お、おお、おかしくねーです」

そこへ白神《しらかみ》が駆けつけてきた。

「お二人とも大丈夫ですか？」

白神がそばまでくると、東は起きあがりこぼしみたいに立ちあがって、白神のうしろへ回りこんだ。さらに、マントで顔を隠している。

「え？　あの……え？」

白神は東の行動が理解できずに困っていた。

俺も東がなにしてるのか、よくわからない。

ただ、なんだか、俺、避けられてる……っぽい？　なんでだ……。

《心中請負人》に狙《ねら》われた女の人は無事だった。自分がなにをしていたのかもよく覚えていないようだったけれど、目を覚ました彼女は泣いた。

でも、泣けるのは悪いことじゃないと思う。生きているんだから。

安城《あんじょう》の言葉を借りるなら「生き直すチャンス」が与えられたのだ。

白神と東が彼女をクリニックに連れていった。

俺もついていこうとしたのだけど、帰宅するよう東に言われてしまった。

「……今日のところは、もう必要ねーです」

東は俺と目を合わせようとしなかった。

「と、とっとと帰りやがれです！」

なんだよ、それ？　と思ったけど、白神《しらかみ》も東《あずま》に同意した。

「あとのことはわたしたちに任せて、一騎《かずき》くんはもう休んでください」

「いや、でも……」

「さっきの一騎くんはすごかったです」

白神は笑顔をつくり、俺《おれ》の前に立った。

「とても勇敢だったと思います」

言いながら白神は俺の手を取った。よく見たら、俺は手を切っていた。いや、手だけじゃなくて、あちこち小さいケガをしているようだ。窓ガラスの破片で切ったのかもしれない。まったく気づいていなかった。今頃《ごろ》になって、ピリピリする。

白神は傷だらけの俺の手を柔らかくつつみこんだ。

「でも、自分を大切にしてください。お願いします」

白神の笑顔は、どういうわけか悲しげだった。

○　○

「おはよ……って、カズくん、ひどい顔してるよ？　どうしたの？」

俺の前の席に座る安城《あんじょう》が訊《たず》ねてきた。また、白神のことを追求されるんだろうな、と覚悟していたのだけど、どうやら諦《あきら》めてくれたようだ。

二年六組の教室である。今日もまた寝不足だ。あくびをすると、涙で視界がにじむ。

昨夜（というか今朝）は疲れ切っていたはずなのに、なぜだかうまく眠れなかった。

白神の悲しげな笑顔が心をかき乱していた。

無茶《むちゃ》した俺を心配してくれたのだろうけど、それだけではないような……。

「あ、えっちな本を読んでたんでしょ？　やらしい。読まして」

「……おまえはいいよな、毎日、楽しそうで」

「なにそれー、バカにしてる？」

「うらやましいと思っただけだよ」

もちろん、《心中請負人《しんじゅうけおいにん》》の行方も気がかりだ。というか、《心中請負人》の行動について、なにかがひっかかっている。でも、その正体がつかめない……。

「ボクにだって悩みとかあるんだからね」

「へえ、どんな？」

「カズくんには教えてあげないもん」

「あ、そう」

「もっと聞きたそうにしろー」

安城《あんじよう》が俺《おれ》の肩にパンチを入れてくる。痛くないやつだ。

俺は笑った。安城も笑った。こういう日常を守りたいな、と思う。

「なあ、安城。ちょっと訊《き》きたいんだけどいいか」

「ん、なに？　あ、ボクのスリーサイズ？」

「じゃなくて」

「体重は教えないからね？　骨密度くらいならいいけど」

「知ってどうすんだよ、それ」

「なんだよ、なんだよ。もっとボクに興味持てよー」

安城は不満そうにくちびるをとがらせる。

「こないださ、安城の近所の人が救急車で運ばれたって話してくれたろ？　連続自殺未遂とかなんとか」

安城の笑顔が翳《かげ》る。

「それがどうしたの？」

「おまえさ、運ばれた人と知り合いだったりするのか？」

「ううん、すれ違ったことくらいはあるけど、お互い声もかけたことないよ。いつも一人で歩いてたかな。下ばっかり見てたのを覚えてるけど。なんで？」

「いや、なにか知ってるかな、って」

「だから、なんで？」

連続自殺未遂について理解する助けになるんじゃないかと思ったからだ。

でも、言えるわけない。

「……少し気になっただけ。っていうか、連続自殺なんて小説みたいだろ？」

「未遂みたいだけどね。そういう人の不幸をネタにするようなことは、あんまり感心しないな」

「そうだな。安城の言うとおりだ。おまえ、やっぱりいいやつだよ」

安城は、またちょっと口を綻《ほころ》ばせる。

「知ってる。ボクはいいやつなの。お嫁さんにしたいでしょ？　結納金一億円で手を打ってもいいよ？」

「そこに愛はないな」

完全に金銭目的だ。

安城とのバカ話のおかげで、気分も少しはスッキリした。被害者の情報は得られなかったけれど、授業中に一連の自殺未遂について考えてみる。

この事件はなんだかおかしい。

一番おかしなのは誰《だれ》も亡くなった人がいないということだ。四件の自殺未遂に俺たちが止めた一件もくわえて、五件すべての自殺志願者が、方法に関係なく生存している。

東《あずま》や笹羅《ささら》さんは、《心中請負人《しんじゆうけおいにん》》が心の弱い人間をそそのかして自殺に導くのではないか、という仮説を立てていたけど、それで正解なのだろうか？

吸生種《きゆうせいしゆ》は人々の妄想から生まれるという。新しい病。その腫瘍《しゆよう》。

《眼球職人《がんきゆうしよくにん》》は『覗《のぞ》き見たい』という下世話な妄想から生まれた。

《心中請負人》は『恐怖を感じず、楽になりたい』という妄想から生まれた……。

「楽になる」ということが「死」であるなら、最初の四件の場合、『委員会』の介入はなかったのだから、自殺は遂げられていないとおかしいんじゃないだろうか？

——自殺未遂者たちは現実に帰りたくないと思っていて、それを叶《かな》えてやっているのかもしれない。

笹羅さんは被害者が意識を失ったままでいることを、そう表現した。

目を覚まさないかぎり、苦しいことも悲しいことも、なにも感じずにいられる。

もしも、《心中請負人》が意識的に、その状況を生み出しているのなら……。

「ひょっとすると、《心中請負人》は誰《だれ》も自殺させるつもりはないのかもしれない」

放課後、五島《ごとう》クリニックで俺《おれ》はみんなにそう切り出した。

「なにを言ってやがりますか？　脳細胞が発酵《はつこう》でもしてんですか」

スツールの上で器用に膝《ひざ》を折りたたんで三角座りをしている東がバカにするような口調で言う。白神《しらかみ》は壁際に立っていて、俺の発言に首を傾《かし》げた。

「どういうことですか、一騎《かずき》くん？」

「被害者がみんな無事だったっていうのが、ずっと気がかりだったんだ。こんな言いかたするのはどうかと思うけど、死のうと思えば、みんな死ねたはずだ。なのに、誰も命に別状がないなんて、やっぱり変だろ」

笹羅さんは「むん」と、車椅子《くるまいす》の上で腕組みをし、あぐらをかいた。

そのうしろに春風《はるかぜ》さんが控えている。虫けらでも見るような目を俺に向けた。

「続けろ、坊や」

「一日中考えていたんです。で、仮説を立ててみました。《心中請負人》は誰も殺す気がないんじゃないか、って。むしろ逆なのかもしれない。あいつは自殺志願者が自殺してしまわないようにするのが目的なんじゃないでしょうか」

「自殺を防いでいる？」

「はい。これなら説明がつきます。《心中請負人》は自殺志願者を止めたりはしない。途中まで一緒に行動します。けれど、ギリギリで命を奪わず、眠らせる。『恐怖を感じず、楽になりたい』という願望を叶え、辛《つら》い現実から遠ざけてやってる。しかも、毎回、すぐに誰かに発見されています。意図的としか思えない。とくに四件目の女の人の場合ですけど、深夜に目覚まし時計が鳴るなんて不自然じゃないですか？」

「一理あるかもしれん。腫瘍《しゅよう》が悪性とはかぎらないということか」

笹羅《ささら》さんがうなずき、白神《しらかみ》が続ける。

「一騎《かずき》くんの推測が当たっているとしても、それはそれで危険ですね」

「同感だ。坊やの推理どおりならば、《心中請負人《しんじゅううけおいにん》》は自殺志願者を止める気はないということになる。親切のつもりなのか知らんが、いつ死者が出てもおかしくはないぞ」

「結局、どういうことになりやがるんです？」

東《あずま》が三角座りをやめて立ちあがった。俺《おれ》と目が合って、すぐに横を向く。なんだか顔が赤いような気がしたけど、見間違えかもしれない。

「なに見ていやがるですか！　撲殺しますよ！」

……なんなんだよ。

「俺に考えがあります」

その考えを説明したら、白神に猛反対されたけど。

○　○

でも、最終的には俺のプランを実行することになった。

今夜も菜月《なつき》に気づかれないよう家を抜け出して、白神&東と合流する。

「……やっぱり、わたしがやりますっ」

俺の顔を見るなり思い詰めた表情の白神が言った。

「危険すぎます。一騎くんをこれ以上、危ない目に遭《あ》わせたくありません。万が一のことがあったら、菜月ちゃんを悲しませることになります」

「考えたのは俺だ。だから俺がやる。もう腹はくくった」

「反対です。これは夢飼《ゆめかい》がやるべき仕事です」

「関係ない」

すると、白神は怒った顔をした。

「わたし、言いましたよね？　自分を大切にしてくださいって」

「それとこれとは別物だ」

「別物ではありませんっ！」

「なんで、そこまで怒るんだよ？」

白神はわずかのあいだ口をつぐみ、それからまた言った。

「一騎くんのためですっ！」

「ありがたいけど……これは譲れない。話は終わりだ。もう、ごちゃごちゃ言うなよ」

俺は内心ビビりまくっているのを隠して言いきった。本当は腹なんかくくれてない。すべて投げ出して、ベッドでまるくなって、なにも知らないフリをしたかった。そもそも、俺《おれ》は普通の生活に戻りたかっただけなんだ。

でも、ここで白神《しらかみ》に頼る俺自身を想像し、そんな自分になりたくないと思った。

「か、一騎《かずき》くんの頑固者っ！」

「そうだ。俺は頑固なんだ」

白神と俺のやりとりを、東《あずま》はどこか不機嫌そうに見つめていた。新しく用意したらしい釘《くぎ》バットを肩に担いでいる。

「なんだよ？　おまえもなんかあるのか？」

「……べつにねーです」

東は、ぷいっ、とそっぽを向く。

俺のプランっていうのはこうだ。

《心中請負人《しんじゆうけおいにん》》が次にどこに現れるのか、予測はできない。

心の問題である以上、自殺志願者を全員ピックアップすることも不可能だ。

やつが現れるのを待つのではなく、なんとかして、おびき出したい。

俺は「《心中請負人》は自殺志願者に自殺を遂げさせないために現れる」と予想した。

だったら、自殺を模すことでやつが姿を現すのではないだろうか。

もちろん、常々、自殺したいと考えているわけじゃないから、《心中請負人》が反応するかどうかは賭《か》けになる。でも、やつが『事故』でも『殺人』でもなく、『自殺』という行為そのものに固執しているなら、可能性は低くないと思う。

というわけで、俺はこれから自殺の真似事《まねごと》をする。

怖くないわけがない。失敗も怖いけど、作戦が成功した場合だって、《心中請負人》と対峙《たいじ》することになるんだ。怖くて怖くてたまらない。

でもだからこそ、白神に任せるわけにはいかなかった。

俺が言ったんだ。俺がやる。死ぬ気はない。ちゃんと生き延びてやる。

そう。前に白神が言っていた生き延びる覚悟ってやつを俺はしたんだ。

午前二時八分、俺は一人で昨日と同じ雑居ビルの屋上に立っていた。

昨夜の一件で、白神がぶち破った窓は元通りになっている。妄想領域が展開されているあいだの破壊行為だからだそうだ。

でも、俺がチェーンソーを使ってつくった壁の亀裂《きれつ》はそのままだった。悪いことをした気になる。笹羅《ささら》さんが手を回して、ビルの所有者とはうまく交渉してくれたようだけど。

亀裂の真下のアスファルトには赤いコーンが並んでいる。通行人に壁の一部が落下する危険があると注意しているわけだ。

ドアのそばにエアコンの室外機が並んでいた。

東《あずま》はその室外機の陰に隠れている。

白神《しらかみ》は地上で待機していた。

いろいろな事態に備えての配置だ。

俺《おれ》はここから飛びおりる。いや、実際には飛びおりるフリをする。白神も東も、俺が「本当に飛びおりるつもりだ」と告げたら、ものすごい勢いで反対した。

「そんなことをしたら許しませんから！　ピーマンを食べさせます！」

「ピーマンくらい食えるって」

「手間かけさせるなです！　バカですか？　バーカ、バーカ」

「小学生みたいなこと言うなよ、おまえら」

「《心中請負人《しんじゅううけおいにん》》が現れなかった場合は中止です！　いいですね！」

そんなふうに念を押された。

柵《さく》に近寄り、手をかけ、下を覗《のぞ》いてみる。

昨日はちゃんとわかってなかったけど、このビルは四階建てだ。下から見あげるぶんにはなんとも思わなかったけど、見おろすとかなり高いことがわかる。高所恐怖症じゃないのに、背筋が冷たくなって、心臓の鼓動が速まった。

決行時刻は決まっている。二時一五分だ。丑三《うしみ》つ時《どき》のど真ん中。

俺は深呼吸をした。両手が微妙に痺《しび》れてきて、俺は寒い日にするように、手をこすり合わせる。スマホで時間を確認した。いつの間にか二時一二分になっていた。一五分になればアラームが鳴るように設定してある。

俺は慎重に柵に手をかけ、力を入れて体を持ちあげた。勢いをつけず、ゆっくりと向こう側に足をおろす。もちろん柵を握り続ける。

あたりを見回した。真下を見ると足がすくんでしまうので、遠くを見る。

やがて――二時一五分を告げるアラームが鳴った。

俺は唾《つば》を飲み、誰《だれ》にともなくうなずき、柵を握ったまま徐々に体を傾けていく。

昨夜の女性はこの段階ですでに《心中請負人》と行動をともにしていた。

手錠で互いを結び、一緒に飛びおりようとしていた。

でもまだ、やつは現れない。

やっぱり、自殺する気がないからダメなのか……。

俺は一度、目をつむる。

まぶたの裏に浮かんだのは、怒った顔をした白神だ。あいつは俺のことを本気で心配してくれていた。たぶん今も下で、俺がバカなことをしないか不安がっているはずだ。

白神はときどき、ひどく悲しそうな表情を浮かべることがある。

あれは……どうしてなのだろう？

俺《おれ》が言いつけを守らなかったら、白神《しらかみ》は怒るんだろうか、悲しがるんだろうか。

「悪い、白神」

だけど、白神が地上にいてくれると思うだけで、俺は安心できた。最初に会ったときは変な子だとしか思わなかったけど、今はあいつが一生懸命で、まじめなやつだと知っている。そしてとても強い。本気で危ないときには助けてくれるはずだ。こんなふうに頼りきりで情けないけど、俺が自分でどうにかできると過信するよりも現実的だ。いざというとき、咄嗟《とっさ》に反応できるのは俺じゃなくて白神や東《あずま》なんだ。

だから、これが俺の役目だ。今、ようやく覚悟が決まった。

自殺する気がない以上、真似事《まねごと》では、やつは現れない。なら、行動に移すまでだ。

「頼むぞ」

俺は柵《さく》から手を放す。

「バッ、なにをしていやがるです！」

東の声が聞こえたときには、俺の体は重力に引っ張られていた。

腹に力を入れ、奥歯を噛《か》みしめて、悲鳴を呑《の》みこむ。

おそらくは一瞬だったはずだ。でも、一分くらい落下しているような気がした。

驚くほど視界がはっきりしている。アスファルトがぐんぐん近づいてくる。

白神の姿が見えた。その顔はめちゃくちゃ怒っていた。それがわかった。

そりゃまあ、そうだよな。ごめん、そんな顔させて。

白神がなにかを怒鳴ったけど、俺の耳には届かなかった。

細い腕が俺に伸ばされている。

俺も白神に手を伸ばしていた。

でも、到達する前に——重力が逆転する。

唐突に俺の体はアスファルトから遠ざかって、夜空へ向かって落ち始める。

「一騎《かずき》くんっ！」

今度はちゃんと聞こえた。

白神はアスファルトを蹴《け》り、飛びあがっていた。俺の手を握ってくれる。けど、そのまま俺たちは、さかさまの世界で墜落していく。白神はハサミを妄想で巨大化させた。俺が東を助けたときみたいに壁に突き刺す。

でも、あのときのようにうまくいかなかった。ハサミの性能がよすぎて、壁をぶち壊してしまったのだ。だから、静止できたのはわずかのことで、すぐにまた俺たちは落ちていった。そのまま屋上を通過しそうになる。

「つかまりやがれです！」

東が柵を握った状態で金棒をこちらに突き出した。

「南《みなみ》ちゃんっ！」

白神《しらかみ》が金棒のトゲの部分に手をかける。ハサミは手放してしまっていて、空へ吸いこまれていく。

「ぬぅおおう、重すぎでぃやがります！　ダイエットしろです！」

屋上の柵《さく》に片手でつかまっている東《あずま》が、白神と俺《おれ》を引っ張ってくれているという状態になってしまった。

「南《みなみ》ちゃんっ！　わたしは自分でなんとかしますから、一騎《かずき》くんをお願いしますっ！」

「アホか！　だったら俺が手を放す！」

「一騎くんこそアホですかっ！　落ち続けたらどこへ行くかわからないんですよっ！」

「途中でどっかにつかまる！」

「つかまるところなんてないじゃないですかっ！　わたしなら平気なんですっ！」

「なんで白神なら平気なんだよ！　そんなわけあるか！」

「平気なんですっっっ！」

白神の叫び声に東の怒鳴り声が重なる。

「てめーら暴れるなです！　撲殺されてーんですか！」

そのときだ。《心中請負人《しんじゅうけおいにん》》の涼やかな声がかぶさってきた。

「無様デイラッシャル」

つないでいる白神の手が強張《こわば》る。俺は声がしたほうへ視線をやった。彼女は屋上に立っていた。昨日と同じく闇《やみ》色のドレスにベールハットという喪に服した格好だ。首には首吊《くびつ》りの縄が結ばれていた。その片側の先端が空に垂れている。

俺が思ったとおり《心中請負人》は現れた。でも、今のこの状況は予定にない。

「サテ、ドウ料理シテクレマショウ」

おびき出したつもりが、むしろ俺たちのほうが罠《わな》にかかったみたいなことになってしまった。やばい。やばすぎるぞ。

「ま、待ってくれ！」

「オヤ、命乞《いのちご》イデスカ？」

嘲《あざけ》るように《心中請負人》は言い、東が声を高くする。

「この東さまが吸生種《きゅうせいしゅ》ごときに命乞いなどするはずがねーのです！」

「黙ってろ、東！」

そう告げると東が俺を罵《ののし》り出したけど、無視して《心中請負人》をまっすぐに見た。

「あんたは――優しさから生まれた妄想なんじゃないのか？」

「戯《ざ》レ言《ごと》ヲ。何ト莫迦《ばか》ラシイ」

「バカらしくない！　すごく大切なことだ！」

その言葉に白神がそっと俺の手を握り締めてくるのがわかった。

白神から勇気をもらう。俺は続けた。

「あんたは誰《だれ》にも死んでもらいたくないから、心中未遂をくり返した。心が弱っている人をそそのかしたんじゃなくて、楽にしてやろうとした。違うか？」

彼女は答えない。

「あんたは寂しい人に寄り添ってやろうとしたんじゃないのか？　でも、だったらもうやめてくれ。この方法じゃ、いつか死人が出る」

「……判《わか》ッタ様ナ口ヲ利クナ。不愉快デス」

「わかってるんだって！」

「判ッテイナイ。コノ世界ニ順応デキル者ニ、判ルハズガナイ」

「順応なんてできてない。なんとか、それっぽくしてるだけだ。俺《おれ》だけじゃない。誰だってそうだ。いつだってどうにかこうにか試行錯誤して、折り合いをつけてるんだよ。折り合いだって、正直ついてないくらいだ」

《心中請負人《しんじゆうけおいにん》》は小さく首を振った。

「逃げるのだって手だと思う。でも、死んだらおしまいだろ。あんたの方法では誰も救われない。死ぬ気でやったら死んじまうんだ。生きる気でやんないとダメなんだ」

「貴方《あなた》ハ――」

反論しようとする《心中請負人》の言葉を遮《さえぎ》り、俺は声を嗄《か》らして叫んだ。

「うるさい！　あんたはまだ誰も殺してない！　俺のことも助けようとした！　だからこ

そ、やめろって言ってんだよ！　このまま続けたら、いつかあんたは誰かを殺すぞ！　そんなの望んでないはずだ！　もうやめろ！」

あたりは静かになった。白神《しらかみ》も東《あずま》もなにも言わない。

《心中請負人》も少しのあいだ黙っていた。やがて、ぽつりとこぼす。

「変ワッタ夢飼《ゆめかい》デスネ」

残念ながら、夢飼じゃないんだ、と思いながら俺はもう一度くり返した。

「頼むよ、やめてくれ」

丁寧に。彼女の心を動かせるように。

彼女は——ドレスのスカートの下からカッターナイフを取り出す。

「——っ!?」

「心外デス。我ハ悪《あ》シキ妄想。止メタケレバ滅スレバ良ロシイデハ、アリマセンカ」

瞬時に巨大化したカッターナイフを《心中請負人》が振りあげる。

白神も東も両手が塞《ふさ》がっている。

俺が守らないと！

決意と同時に全身を電気が貫《つらぬ》いた。笹羅《ささら》さんが名づけた《一騎刀戦《いっきとうせん》》が発動する。

片手で召喚されたチェーンソーを握りしめる。

すべてがくっきりと見通せる。時間の流れを遅く感じる。

「うぁああああああああああああああっ！」

俺《おれ》は妄想のチェーンソーを《心中請負人《しんじゅううけおいにん》》の巨大なカッターめがけて投げ飛ばした。

武器さえ破壊できればそれでいい。まだ説得の余地はあるはずだ。

チェーンソーが俺の手から離れると、時間の流れがもとに戻る。

そのとき、《心中請負人》がわずかに動いたのがわかった。

一瞬、ベールがめくれ、紫色のくちびるが覗《のぞ》く。彼女は微笑《ほほえ》んでいるように見えた。

チェーンソーが《心中請負人》の右腕を切断する。

《心中請負人》はうめいた。傷から青い煙が大量に溢《あふ》れる。

反転していた重力がもとに戻り、そのタイミングで、東《あずま》が金棒を振る。

「飛びやがれです、《一燈猟断《いっとうりょうだん》》の使い手！」

「了解ですっ！」

白神《しらかみ》が俺の手を引いて、屋上にジャンプする。白神はキレイに、俺はいくらか無様に着地した。東もすぐに柵《さく》を乗り越え、金棒をかまえる。ハサミを失った白神は、俺をかばうように前に立った。投げ飛ばしたチェーンソーは屋上に落下してバラバラになっている。

「待ってくれ！」

俺は慌てて東の前に割りこんだ。

「邪魔するなです！」

「危険です！　さがってください！」

東と白神が大声をあげる中、俺は負傷した《心中請負人》をにらみつける。

「あんた、腕を差し出したな？」

「……どういうことですか、一騎《かずき》くん？」

「《心中請負人》が自分からチェーンソーに斬《き》られにいったように見えた」

そうだ。まるで、自分を退治してもらおうとしているかのように。

「あんたは止めてもらいたいのか？」

「理解ニ苦シム解釈デス」

「いや、そうだ。……そういうことか。引っかかってたんだ。そもそも、密室に、被害者以外の誰《だれ》かがいた痕跡《こんせき》を残すこと自体がおかしい。どうとでも処理できたはずなのに。つまり、わざと誰かがいたように見せたんだ。……あんたは、初めから夢飼《ゆめかい》の介入を望んでいたのか？　そうなんじゃないのか？　なあ、もうやめていいはずだ。戦う必要なんかないだろ。まずは、傷の手当てだ。それから病院で眠っている人たちを起こして――」

「言ッタ筈《はず》デス。貴方《あなた》ハ何モ判《わか》ッテイナイ」

青い煙につつまれた《心中請負人》はよろめく。

「おい」

「我ノ目的ハ、救済ナドデハ、アリマセン。混沌《こんとん》デス。我ガ如何《いかが》ナル妄想ヨリ生マレタカナド関係ナイノデス。秩序ヲ乱ス事。アノ方ヨリ命ジラレタ事ハソレダケ」

「あの方？　誰《だれ》のことだ？」

「真実ヲ知ル覚悟ヲナサイ。貴方《あなた》ハ――貴方達ハ真実ヲ知ラナイ」

「真実？　なんの話だ？」

俺《おれ》の問いかけに対して、彼女はなにも答えなかった。

ベールの向こう、青白い頰《ほお》をなにかが通りすぎて、光る。

それはあごの先からこぼれ落ち、一粒の水晶となってコンクリートに転がった。

青い煙を噴《ふ》きあげながら、彼女が膝《ひざ》をつく。

いや――彼女の姿は、すでにどこにもなかった。

空から白神《しらかみ》のハサミが降ってきて、中身を失った漆黒のドレスの上に落ちる。

○　○

そのあと、俺は白神にめちゃくちゃ叱《しか》られた。俺が勝手な行動を取ったからだ。

「ま、まあ、みんな無事だったんだからいいじゃないか」

と、言葉を挟んだら、白神はぶちキレた。鼻を膨《ふく》らませて、俺に詰め寄ってきた。

「それは結果論ですっ！　一騎《かずき》くんの行動は一騎くん自身だけでなく、南《みなみ》ちゃんやわたしのことも危険にさらしたのですっ！　きちんと反省してくださいっ！　猛省してくださいっ！　飛びおりたりしたら許さないって、わたし言いましたよねっ！」

正直なところ、俺は白神に詰め寄られて、ちょっとドキドキしていた。

白い胸元がばっちりと見えてしまう格好なのだから仕方がないだろ。

「聞いてますかっ！」

「はい。すみません」

「命を粗末にする人は嫌いですっ！　ちゃんと生きようとしない人は嫌いですっ！」

「そういうつもりは……」

俺は生き残る気満々だった。でも、自分の力だけでは、それは無理な話で、白神と東《あずま》を当てにしていたのも事実だ。信頼していたといえば聞こえはいいだろうけど、二人を危険な目に遭《あ》わせたのだと指摘されれば反論の余地はなかった。

「悪かった。あのときは最善だと思ったんだけど……。本当にごめん」

「……本当に、なにかがあってからじゃ……遅いんです」

白神は声を震わせてそう言い、そっと俺を抱きしめてくれた。

「し、ししし、白神!?」

柔らかな感触に、俺は激しく動揺した。

「……よかったです、一騎くんが無事で。本当に、よかった、です」

白神《しらかみ》の気持ちを軽んじるような行動をしてしまったのかも、と本当に申しわけなく思った。なのに、俺《おれ》は「ごめん」とか「悪い」としか言えなくて、それがもどかしかった。俺が白神に伝えたかったのは真実の「ありがとう」で、どんなものとも交換できない「ごめん」なのに、どれだけ言葉にしても、それでは足りないのだと実感させられるだけだった。

俺はただ、白神に抱きしめられ続けた。

それから、さすがに時間が時間なので一度、解散しようということになった。

家に戻るなり、俺は死んだように眠り——。

「——です」

どこからか、かすかに声が聞こえた。

「——きやがれなのです」

なんだか体が重い。胸が苦しかった。

「とっとと起きやがれなのです！」

ぐにっと頬《ほお》を押し潰《つぶ》される感触があって、そこで俺は目を覚ました。

「んあ？」

「おっ。やっと起きやがりましたか、《一騎刀戦《いっきとうせん》》の使い手」

初対面のときと同じように、俺の上に東南《あずまみなみ》の姿があった。

「うぁ――」

悲鳴をあげそうになったけど、その前に東が小さな手で俺の口を塞《ふさ》ぐ。

「叫ぶなです」

「んぐ」

「東さまは手を放すですが、叫ぶんじゃねーですよ？」

俺はうなずいた。東が俺の口から手をどける。相変わらず露出が高く、へそが覗《のぞ》いていた。けど、そんなことに惑わされてはいけない。毅然《きぜん》とした態度で臨《のぞ》まねばならない。

「お、おまえな、また不法侵入かよ。どうやって入ったんだよ？」

「東さまに不可能はねーのです」

俺は東から逃げるようにベッドの上で後退した。枕《まくら》もとの目覚まし時計を見たらまだ朝の六時だった。もうちょっと眠れたはずなのに。

「こんな朝からなんの用だよ？」

「東さまはおまえみたいに暇じゃねーのです。これから『委員会』に戻ります」

「え？　もうか？」

「だから暇じゃねーのです。東さまは多忙です。《心中請負人《しんじゆううけおいにん》》が口にした『あの方』とやらの存在についても報告しなければならねーです」

混沌《こんとん》。秩序を乱すこと。それが目的だったと彼女は言った。

それを『あの方』に命じられた、とも。どういうことなのか……。

「連続自殺未遂の被害者たちも効果が切れて、目を覚ますはずです。そちらは『委員会』に任せろです」

「そうか」

東《あずま》は、ぶすっとした顔で俺《おれ》を見る。

「おまえのことは『委員会』に推薦しておいてやるです。おまえの固有妄想能力《一騎刀戦《いっきとうせん》》は悪くねーですからね。東さまは高く評価してやったです。暴走の心配もねーでしょう。隔離施設行きは不必要でありやがります」

「マジか！」

「まあ、無謀な行動に出る短絡的バカでもあるので、即戦力には期待してねーですけど」

「俺は夢飼《ゆめかい》になりたいってわけじゃない。でも、最悪の事態は免れたんだな」

「いずれにせよ、しばらくは《注射禁詩《ちゆうしやきんし》》の使い手との面会を続けろです」

《注射禁詩》の使い手……笹羅《ささら》さんのことか。

「ああ、わかった」

俺はホッと息をつく。

東は「ふん」と鼻を鳴らして、マントの内側から石を取り出した。

「《心中請負人《しんじゆううけおいにん》》の涙——やつの有幻核《ゆうげんかく》です」

その石を東はかじりだした。ハムスターがひまわりの種を食べるみたいな感じだ。

あれ？　この光景、見たことあるような……。

「まだ、あぐあぐ、助けてもらったときの、あぐあぐ、礼を言ってなかったのです」

かりこりと石をかじりながら東は言った。

「助けてもらったのは俺のほうだけど？」

「……あぐあぐ……《心中請負人》にひょーいされたときの話でやがりまふ」

そういえば、そんなこともあった。

「あのときは強く握っちゃって悪かったよ。釘《くぎ》バットも壊しちまったし」

東は「べつに」と言ってうつむき、こりこりと石を咀嚼《そしやく》する。

でも突然、顔をあげた。そのまま俺をベッドに押し倒す。

「お、おい、なにを――」

「い、一度しか言わねーです」

東の顔は赤く染まっていた。

「あ、ああ、あのときのおまえは、カッコよくないこともなかったのです。だから、感謝してやるのです！」

そして、くちびるが重なった。ちょっとだけ歯もぶつかる。東の温かな舌が俺の口の中に入ってきた。甘い吐息。逆に俺は呼吸が止まる。心臓が爆発しそうだ。アルコールを飲んだときのような酩酊《めいてい》感が俺《おれ》を襲う。頭がくらくらした。

「……こ、固有妄想能力を制御するための保険でいやがります」

東《あずま》は素早く俺から離れた。ベッドから飛びおり、マントをちょんと払う仕草をする。

それから「に、にっしっし」と、無理やりに笑った。

俺は全身から力が抜けていた。ふにゃふにゃだ。起きあがれない。

これ、むしろ寿命縮めちゃってたりしないだろうな？

「それでは、東さまはもう行くです」

そう言うと、東は俺に背を向けた。床に置いていたらしい釘《くぎ》バットを拾いあげる。

「あ、ああ……えっと、またな」

「に、二度と会わねーのです！」

東は机の引き出しをあけると、片足を突っこんだ。そこから出入りしてたのか。のび太の部屋にあるタイムマシンみたいだ。妄想ってなんでもありだな。

東の体が引き出しの中に消えていく。でも、完全に見えなくなる直前。

「教えておいてやります」

東は俺を見た。

「《一燈猟断《いっとうりょうだん》》の使い手――白神千和《しらかみちわ》は、間もなく消えてなくなるです」

第３壊　あきらめたらそこで妄想終了ですよ……？

「お兄ちゃん、どうかしたの？」

食卓につくとエプロンをつけたままの菜月《なつき》に訊《たず》ねられた。

「なんか元気ないよ？　顔色よくないっていうか。風邪？　熱は？」

菜月は身を乗り出して、俺のおでこに触れた。

「うーん、ちょっと熱ある？　頭痛は？　のどが痛いとかは？」

「……べつになんともないよ。ただの寝不足」

俺は菜月に笑いかけた。

でも、自分でもわかってたけど、俺は笑顔をうまくつくれていなかった。

朝食を食べ終え、いつもより早めに家を出た。

薄曇りで、気温は連日の暑さにくらべて低かった。過ごしやすい陽気のはずなのに、俺はだらだらと汗をかいている。頭の中がごちゃごちゃだった。東の言葉が忘れられない。

――白神千和は、間もなく消えてなくなるです。

「……どういうことだよ？」

学校に行ってる場合じゃない。

俺《おれ》はいつもの通学路をそれて、五島《ごとう》クリニックに向かって走り出した。

雑居ビルにはエレベーターがあったけど、俺は階段を駆けあがる。まだ診療時間前だった。でも、俺はガラス扉をガンガン叩《たた》く。

「木須《きず》です！　朝からすみません！　あけてください！」

しばらくすると、扉の向こうにゴスナース服姿の春風《はるかぜ》さんが現れた。

錠がはずされて、扉が開かれる。

「何事でしょう？」

「白神《しらかみ》はいますか？」

俺の言葉に、春風さんはかすかに眉《まゆ》を寄せた。

「白神に会わせてください。確かめたいことがあるんです。さっき、東《あずま》が俺のところに来て、それで――」

「よく来たな、坊や」

春風さんのうしろから車椅子《くるまいす》に乗った笹羅《ささら》さんが姿を見せた。感情を表に出さない春風さんとは対照的に満面の笑みを湛《たた》えている。

「《心中請負人《しんじゅうけおいにん》》の件は報告を受けた。ご苦労だった」

「笹羅さん！　白神はいますか？　俺、白神に会いにきたんです」

「むん。南《みなみ》からなにか聞いたのか」

俺はほとんど春風さんを押しのけるようにして笹羅さんに迫った。

「白神が消えるって……もう、長くないって……どういうことですか？」

○　○

今朝――。

「《一燈猟断《いっとうりょうだん》》の使い手――白神千和《ちわ》は、間もなく消えてなくなるです」

俺の机の引き出しに体を半分以上沈めた状態で東は言った。一瞬意味がわからなくて、俺の口から出たのは「ふあ？」というあくびにも似たマヌケな声だけだった。

「おまえの知っている白神千和は実在してねーのです」

東はそう続けた。俺にはやっぱり意味不明だった。

「あの白神千和は妄想でしかねーのですよ。本体はクリニックの上の階で眠り続けていやがります。もう、何年も前からです」

「……な、なんだよ、それ？」

俺の問いに答えるでもなく、東は続けた。

「白神千和はこれまで安定した妄想でいやがりました。けど今は不安定になっています」

「不安定?」

「先に言っておいてやるのですが」

そこで少しだけ言葉を切って、東《あずま》は俺《おれ》の目をじっと見た。それから、俺が知っている東のどの声よりも優しく告げる。

「おまえのせいではねーのです」

「なんのことだよ?」

「おまえは気に病むなです」

「だから、なんのことだよ!」

「白神千和《しらかみちわ》はおまえが死にかけたとき、自分の有幻核《ゆうげんかく》の半分をおまえに与えていやがるのです。有幻核は、妄想である白神千和が存在するために欠かせないものです。それを半分も失ったというのは、致命的でやがります」

「ちょっと待てよ……俺を助けたせいで、白神が消えそうって、そういうことか?」

「だから、おまえが気にすることではねーのです。一般人を助けることも夢飼《ゆめかい》の任務のうちでいやがりますからね」

俺の体は妄想によって無理やり修復され、それを安定させるためには有幻核が必要だと言われた。

最初に白神が俺を助けてくれたとき「妄想移植」という言葉で片づけられて、なんとなく納得したような気になっていたけど、あいつは自分の存在を半分に削ったようなものだったんだ……。

「……消えたら、どうなるんだ？」

「べつにどうもならねーです。ただ、消えるだけです。本当は、《一燈猟断《いっとうりょうだん》》の使い手にも《注射禁詩《ちゅうしゃきんし》》の使い手にも口止めされていたのですが、いきなり事実と直面して、おまえが傷つかねーように、教えておいてやったです」

「俺が……」

「もう一度言っておいてやりますが、おまえのせいではねーのです。おまえは悪くねーですから。それを忘れるなです」

最後に爆弾を落として、東は俺の前から去っていった。

○　○

「……南《みなみ》め、黙っておけと言ったのに」

笹羅《ささら》さんはため息をつき、自分のおでこを手のひらで叩《たた》く。

「まあ、いずれ知れることだったか。坊や、ついてくるといい」

笹羅さんは笑みを崩さずにそう言い、「髑髏《どくろ》」と、春風《はるかぜ》さんを呼んだ。

春風《はるかぜ》さんはしずしずと笹羅《ささら》さんの背後に回り、車椅子《くるまいす》を押す。エレベーターまで移動して「△」ボタンを点灯させた。

その場に突っ立ったままだった俺《おれ》を見て、笹羅さんが口を開く。

「千和《ちわ》に会わせてやるから、ついてこい」

向かったのは最上階である五階だった。エレベーターからおりると、春風さんが笹羅さんの乗った車椅子を押して先を進み、俺は二人についていった。

廊下の突き当たりのドアを抜ける。すると、その部屋には二つのベッドがあった。

片方のベッドは空っぽで、もう片方に——白神《しらかみ》千和が横たわっている。

「白神！」

俺はそのベッドに駆け寄っていた。白い清潔なベッドで白神が寝ている。胸のあたりまでタオルケットがかかっていて、左腕から点滴のチューブが伸びていた。他にもいくつもの機械が並んでいる。

寝ているのは俺の知っている白神千和で間違いなかった。

なのに、髪が短かった。白神の黒髪は長くてキレイなのに、目の前で寝ている彼女はボブカットだ。それ以外は違いがわからない。

「そちらが本体だ」

笹羅さんの声で俺は振り返る。彼女は車椅子から立ちあがった。目を閉じたままの白神

のそばに立ち、そっと頭を撫《な》でる。

「本体って……？」

「本物の白神千和《しらかみちわ》は六年前からずっとここで寝ている。坊やが知っている千和は自由を求めて生まれた妄想でしかない。カテゴリーでいえば吸生種《きゅうせいしゅ》と、さして変わらない」

笹羅《ささら》さんは優しく細めた目で白神を眺めてから、俺《おれ》を見あげた。

「坊やは覚えているかな？　六年前に太平洋沖で起きた航空機事故のニュースを」

「……航空機事故？」

「成田空港発のエアクラット315便が海上に不時着した。フライトの数日前におこなわれたエンジン交換にミスがあったのだ。それによって配管に亀裂《きれつ》が入り、燃料が漏れてしまった。パイロットは左右に積んでいる燃料タンクの残量がアンバランスであることに気づいていたが、整備を終えたばかりだったために燃料漏れとは考えなかった。気づいたときには燃料がほとんどなくなっており、目的外着陸《ダイバート》も間に合わなかった。乗員・乗客二〇一名のうち、九八名が死亡した。落下の際の衝撃で亡くなった者もいたが、ほとんどは溺《おぼ》れ死んだのだ。行方不明者は二九人。千和は家族と乗っていた」

唐突に俺の頭に浮かびあがる夢の中の光景。海の中で沈んでいく人々。猫の形をしたリュック。暗闇《くらやみ》の中に落ちていく巨大な「なにか」。あれは……飛行機の機体だったのではないか。俺が見たものは、白神の記憶……？

「千和の両親はその事故で亡くなっている。おそらくな」

「おそらく？」

「残念ながら遺体は回収されなかった」

「……そんな」

「千和自身も救助はされたが、それ以降、目を覚ましていない。事故の一年後、搬送されていた病院先で神因性妄想具現化症《しんいんせいもうそうぐげんかしょう》を発症し、白神千和は『吸生種撲滅委員会《きゅうせいしゅぼくめつ》』に保護されることとなった。本体、妄想、両者とも、だ。具現化した千和が悪性腫瘍化《きゅうせいしゅ》しないように見張っていたわけだから、監視と言い換えてもいい。それから、千和は、ずっとここにいる。本体が成長するにつれ、妄想の千和も成長していった」

笹羅さんはもう一度、寝ている白神を見おろす。

「だが、もう長くはもたないだろう」

「なんでですか！」

俺は笹羅さんに詰め寄った。

すると、すぐに春風《はるかぜ》さんが俺の腕をつかんで笹羅さんから離そうとする。

「髑髏《どくろ》、放してやれ」

春風さんは言われたとおりに俺を解放した。

「東《あずま》は、白神が俺に有幻核《ゆうげんかく》をわけたからだって言ってました。そうなんですか？　でも、俺《おれ》のせいではないから気にするなって。いきなり真実を伝えられて、俺が傷つかないようにとかなんとか……本当なんですか？」

笹羅《ささら》さんはため息をつく。

「南《みなみ》が言ったことは正しいよ。坊やのせいではないさ」

「でも、俺がケガしたからなんですよね？　じゃあ、俺のせいじゃないですか！」

「南は言わなかったか？　一般人を救出することも夢飼《ゆめかい》の仕事のうちなんだよ。千和《ちわ》はその務めを果たしただけだ。坊やが気に病む必要はない」

「白神《しらかみ》の有幻核《ゆうげんかく》を返します！　俺から取り除いてください！　それであいつを――」

「死ぬ気か？」

「生きます！　白神が助けてくれたんですから！　死んだりしません！　俺が死なないようにあいつを生かしてください！」

笹羅さんは悲しそうに笑った。目が優しくカーブしている。

「残念だが、そういう問題ではないんだよ」

「どうして!?」

「《一燈猟断《いっとうりょうだん》》のハサミとは異なり、千和の妄想を形づくっている有幻核は極めて曖昧《あいまい》なものなんだ。有幻核としては相応《ふさわ》しくない。坊やの《一騎刀戦《いっきとうせん》》が心象風景から妄想を現実化させたのと同じくイレギュラーなものだ」

「どういうことですか？」

「あえて表現するのなら――『心』かな。あいつは自分の心を半分削った。それはもう元通りにはならない」

「ど、どうにかできないんですか？　……俺の傷を塞《ふさ》いでいる妄想を補強したように、白神も――」

「できない。千和は自由を求めた結果の妄想だが、同時に生き残ってしまった自分を責めてもいる。だからだな。誰《だれ》かの役に立っていなければいけないという強迫観念に縛られている。坊やは出会う前の千和を知らないから仕方がないが、今のあいつは以前よりも能力の質を低下させている。これは、千和にとって致命的なことなんだ。誰の役にも立てなければ形を維持することもできない」

――白神はどうして夢飼になったんだ？

俺がそう訊《たず》ねたときのことが頭をよぎる。白神はこんなふうに答えた。

――わたしは、誰かの役に立たなければいけないんです。そうじゃないと、存在している意味がないんです。

あのとき、俺は突然の寂しさに襲われた。自分のことを取るに足らない存在のように語る白神が悲しかった。口の中が苦い。

「立ってますよ！　あいつ、いいやつなんです！　消えてほしくないんです！」

「千和《ちわ》自身がそう思えなければ成立しないんだ」

「なんでもいい。片っ端から試してください。なんで試す前から諦《あきら》めてるんですか！」

「ないんだ。本当に」

「そんな……。妄想の白神《しらかみ》が消えると、本体が目覚めるんですか？」

「妄想は所詮《しょせん》ただの妄想さ。実在する千和と、妄想の千和は別人だ。双子のようなものだな。無関係ではないが、直結しているわけでもない。だから、そう、消えるというのは、本当にただ消えるだけだ。……病が消えるんだよ。悪いことではないさ」

室内はそこで静かになった。ピッ、ピッ、と機械の音だけがする。

「……白神は、俺《おれ》の知ってるあいつは今どこにいるんですか？」

「パトロールだよ。千和の朝の日課だ」

そうだ。はじめて白神に会ったのも朝だった。

俺はうつむいて拳《こぶし》を握りしめる。無性に腹立たしかった。

でも、どこへ怒りの矛先を向けていいのかわからなかった。

「ありがとうな」

笹羅《ささら》さんが強く握った俺の拳を両手でつつみこんでくれる。

「千和のことを思いやってくれて感謝する」

「俺は……」

「悪いが、千和にはなにも言わないでくれ。自分のことはわかっているだろう。そして、坊やに知られたくないとも思っているはずだ。最初に、南《みなみ》に口止めしたのは千和だよ。坊やに自分を責めてほしくないと思ってるわけだ。坊やはなにも悪くないんだから」

そして笹羅さんは頭をさげた。

「頼む」

笹羅さんに続いて、春風《はるかぜ》さんも無言のまま頭をさげた。

俺はなにも言えなかった。

○　○

学校はサボった。行く気になんてなれなかった。

目的もなく歩いた。疲れても、足が痛くても歩き続けた。

昼に菜月《なつき》が用意してくれた弁当を食べた以外は、俺は一日歩いていただけだった。

——人は死ねば蘇《よみがえ》らん。どんな妄想でも、だ。

《心中請負人《しんじゅううけおいにん》》の事件を説明した際に笹羅さんが言っていた。あのとき、笹羅さんは確かに白神を見た。俺も白神を見た。白神は悲しげな顔をして下を向いていた。白神は家族や、目覚めない本当の自分のことを思っていたのだろうか……。

《心中請負人《しんじゅうけおいにん》》との一度目の戦闘のとき、俺《おれ》は東《あずま》を助けようとして窓から飛びおりた。

そのあとに白神《しらかみ》は言った。

――さっきの一騎《かずき》くんはすごかったです。

――とても勇敢だったと思います。

――でも、自分を大切にしてください。お願いします。

どんな気持ちで白神は言ったんだろう。強固に自分が囮《おとり》になると主張したのは、自分なら消えるだけだと思っていたからなのか……。

夕方になって太陽が傾くまで歩き続けた。

気づいたら白神と最初に会った公園まで来ていた。俺はなんとなくベンチに座った。誰《だれ》もいなかった。背もたれに体を預けて空を仰ぐ。雲の隙間《すきま》から西日がこぼれていた。

突然、スマホが反応する。見ると安城《あんじょう》からの電話だった。

『なにサボってんだよー。寂しかったじゃんかよー』

能天気な声が聞こえてくる。

「ああ、ちょっと」

『ん、あれ？　なんか不機嫌？』

不機嫌というのとも違うけど、安城は俺の声からなにか感じとったらしい。

「そんなことないって」

『体調悪いの？　具合よくないなら看病イベント発生させるけど？』

安城との気安い会話に少しだけ心がほぐれた。

「ただのサボりだって。でも、サンキュな」

『カ、カズくんが素直になってる……これはフラグが立ったという証拠か』

「はいはい、立ってる立ってる」

『もっと愛情をこめて言えーっ！』

「いや、実はちょっと落ちこんでたんだ。でも、安城の電話で元気出た」

『ふーん』

そうつぶやき、そのあと安城はなにか言った。けど、うまく聞き取れなかった。

「安城？　ごめん、よく聞こえなかった。なに？」

『ううん。なんでもない。病気とかじゃないならいいんだ。明日は学校来るんだよね？』

「ああ」

『そ。じゃ、また明日』

「じゃあ」

通話を終えてスマホをポケットにしまう。

「あ、一騎くんっ！」

突然、うしろのほうから呼ばれた。

振り返ると、柵《さく》の向こうに白神《しらかみ》の姿が見えて、俺《おれ》は思わず立ちあがっていた。

白神がメイド服をひらひらさせながら小走りで近づいてくる。

「どうしたんですか？　こんなところで」

すぐに返事ができなかった。目の前にいる白神はどう見たって消えそうになかった。

ちゃんとここにいる。なのに……。

「白神こそなにしてるんだ？　こんな時間にそんな格好でうろついてると目立つだろ」

「パトロールですっ！」

白神は敬礼するようなポーズをした。猫耳が揺れる。

「吸生種《きゅうせいしゅ》の探索と討伐は夢飼《ゆめかい》の任務ですからね」

俺はまともに白神を見ていられなくて足もとに視線を落とした。

「どうかしましたか？　なんだか調子が悪そうです。風邪ですか？」

「そういうわけじゃ……」

そんなに情けない顔や声をしているのだろうか。

今朝、菜月《なつき》にも訊《き》かれたし、安城《あんじよう》も電話の声から俺の不調を感じとっていた。

「一騎《かずき》くん、ちょっと座ってください」

白神は俺の肩に手を置く。うながされるままに俺はベンチに腰かけた。

するとそこで白神が身を乗り出してきて、俺の額に自分のおでこを当てた。

「し、白神⁉」

ものすごく近くに無防備な白神の顔がある。長いまつげ、形のいい鼻、二度も触れ合ってしまった柔らかなくちびる。すべてが確かにそこにある。心拍数があがった。

「熱はないみたいですね」

白神が離れる。俺は自分のおでこに手を当てた。白神とおでこをくっつけたことで、むしろ体温はあがっている。

「熱中症とかでしょうか？　まだ油断はできませんからね。なにか飲みますか？」

「へ、平気だ。本当になんでもないから。でも、ありがとう」

自分の額を撫《な》でながら、白神のおでこがそんなに温かくなかったことに気づいた。

思い出してみると、白神の体はいつも少し冷たかった。

そうか。それは白神が――。

「なあ、白神。今からうちに来ないか？」

俺は自分でもわからないうちにそんなことを口走っていた。

「夕飯食べていけよ。うん、それがいい」

「急に迷惑じゃないですか？　菜月ちゃんも困るでしょうし」

「一応、電話してみる。でも大丈夫だって」

俺はなにかをごまかすみたいにスマホを取り出して、急いで菜月に電話をかけた。

『お兄ちゃん、なに？』

「お、菜月《なつき》。今どこにいる？」

『家で夕飯つくってる。今日はバレー部が体育館使ってたから、バスケ部はランニングと筋トレだけだったの。夕飯はカレーね』

「楽しみだ。あのさ、急で悪いんだけど、白神《しらかみ》も誘っていいか？」

『白神さん？　うん、いいけど……どうかしたの？　また、なにかトラブル？』

「トラブルとかじゃなくて、ただ……」

白神をちらりと見る。白神は自分を中心にして、地面に円を描《か》いていた。人間コンパスだ。小学生みたいなことしてるな、と思った。同時に、白神は小学校に最後まで通えなかったということに気づいた。

白神が俺《おれ》の視線に気づく。俺は指でOKと示した。

「ほら、みんなで食べたほうが楽しいと思って。ちょうど今、一緒にいるんだ」

『うん、わかった。じゃあ、待ってる』

「一〇分くらいで帰る」

電話を切って、白神にちゃんと「いいってさ」と告げる。

「わぁああ、嬉《うれ》しいですっ」

白神はひまわりみたいに笑った。

菜月のカレーは肉も野菜もたっぷりの中辛だ。

白神と菜月、俺の三人で食卓を囲んで、もりもりと食べた。

「こんなに美味《お》しいカレーは初めて食べましたっ！　感動ですっ！」

「白神さんに喜んでもらえてよかったです」

「うちの妹は世界一だからな。妹チャンピオンと言っても過言ではない」

「気持ち悪いから、お兄ちゃんのカレーは肉抜きね。あと、ニンジンとジャガイモとタマネギとルウも抜き」

「白米オンリーだと⁉」

「お二人はやっぱり仲がいいですね」

「そうなんだ」「違います」

ハモらなかった。

「菜月はツンデレなんだよ。様式美っつーか。なんだかんだで兄のことが好きで――」

「はい、没収」

菜月は俺のカレー皿をキッチンに持っていってしまう。

「ちょ、待てよ！　褒めてるのに！」

そんな俺たちのやりとりを見て、白神はお腹《なか》をかかえて笑った。

白神《しらかみ》を誘ってよかった。こうやって笑っていれば、すべてがうまくいくんじゃないかと思えた。でも、その直後に俺《おれ》は見てしまった。

白神の右手。肘《ひじ》から先が薄くぼやけて、向こう側が透けて見えた。

菜月《なつき》は気づかなかったみたいだけど、俺は自分の笑みが凍りつくのがわかった。

白神はそっと右手をテーブルの下に滑りこませ、目を伏せた。目を伏せたのは、ほんの

二、三秒のことで、白神はすぐにまた笑みを浮かべる。でも、

されたままで、白神はスプーンを左手で握った。

「お兄ちゃん、どうかしたの？」

菜月が俺の顔の前で手を振る。

「変な顔してるよ？　まあ、常にそうだけど」

「……おまえな、兄を敬えよ」

なんとか平静を装い、さりげなく白神を見る。白神は笑顔のままだった。

俺は唐突に大声をあげて立ちあがりそうな衝動にかられる。

でも、俺にできたことは、へたくそな笑みを返すだけだった。

泊まっていったってよかったのに、白神は「帰ります」と言った。

俺も無理に引き止めたりはしなかった。

「途中まで送るよ」

日が暮れて、世界は夜につつまれていた。濃紺の空を雲が流れていくのが見える。

「菜月ちゃんのカレーは美味《おい》しすぎて、もうお腹《なか》がぱんぱんですっ」

白神は両手で腹部をさわさわと撫《な》でた。白神の右手は元通りになっている。

俺は道の真ん中で立ち止まった。

「どうかしましたか？」

俺を追い越した白神が戻ってきて、下から俺を覗《のぞ》きこむ。

「やっぱり、本当は気分がよくないんじゃ――」

俺は白神の声を遮《さえぎ》って言った。

「消えるのか、白神？」

白神はちょっとだけ完全な無表情になり、でも、すぐに笑顔をつくり直す。

「なんのことですか？」

「ごまかすなよ！　見たんだ、さっき。右手、透けてただろ？　スプーン、ずっと左手で持ってたじゃないか」

「……見られていましたか。失敗、失敗」

白神は左手で右手を撫でる。

「っていうか、一騎《かずき》くん、知っていたんですね」

「……東《あずま》から聞いた」

「南《みなみ》ちゃんには言わないでってお願いしたんですけどね」

「午前中、笹羅《ささら》さんにも確認した。白神《しらかみ》の……本体も見た。事故のことも教えてもらった」

「えぇぇー、見たんですか？　恥ずかしいです。本体《わたし》、ちゃんとしてました？」

俺《おれ》はおどける白神をまっすぐに見る。俺の視線を受け止めて、白神は笑みを弱めた。

「……本当に消えるのか？」

「はい。仕方がありません。わたしはただの妄想ですから」

「消えるって、どういうことなんだよ？　死ぬってことなのか？」

「違います。今のこの『わたし』の意識がなくなるだけです。死ぬわけではありません。本物の『白神千和《ちわ》』の心臓はきちんと動いていますから」

「な、なにか方法は？　消えないようにできないのか？」

白神は静かに首を振る。俺は拳《こぶし》を握りしめた。

「……俺のせいだ」

「違います」

「俺に会わなければ、白神が消えるようなことはなかった。そうだろ？　俺に有幻核《ゆうげんかく》をわけたせいで存在が不安定になった。そうなんだろ？　なら、俺のせいじゃないか！」

誰《だれ》もいない夜の道で、俺は怒鳴っていた。

「そんなふうに言ってほしくないです」

白神が俺に一歩近づき、柔らかな口調で答える。

「わたしは一騎《かずき》くんの命を救えてよかったです。誰かの役に立つことがわたしの存在意義ですから。助けさせてくれて、ありがとうございます」

おまえこそ、そんな言いかたするなよ。そんなふうに言ってほしくないよ。

思ったけど、口には出せなかった。

事故で両親を亡くしている白神は、生き残ってしまった自分を責めている。

だから、誰かの役に立たなければ存在意義がないと言う。

「ここまででいいです。一人で戻れますから」

白神は胸の前で小さく手を振る。

「気をつけて帰ってくださいね、一騎くん」

そして、白神は俺に背を向けた。そのまま走り出し、やがて見えなくなる。

〇　〇

「文章というのは活用語の終止形で言いきるのが原則ですが、文中に強意を示す係助詞『ぞ』や『なむ』、疑問・反語を現す――」

担任が古文の説明を続けている。

でも、頭の中に入ってこない。一時間目からずっとだ。俺《おれ》のノートは白紙だった。

昨夜はうまく眠れなかった。白神《しらかみ》のことをずっと考えていたからだ。

白神は消える。それを防ぐ方法はない。俺を助けたから。俺のせいで。

「この呼応の決まりを『係り結びの法則』といいます。予告しておきますが、これはテストで出します。入試でも頻繁《ひんぱん》に出題されるので早めに――」

先生の声が遠い。頭が重い。体もだるい。

俺は真っ白なノートを見つめる。

なんだかその白に意識が吸いこまれていくような……。


「おーい、起きれー」

体を揺すられて、まぶたを開く。

「……ん」

俺は机に突っ伏していた。首が痛い。体を起こす。

「あれ？　俺なにして……」

「カズくん、寝すぎ」

前の席で安城《あんじょう》が笑っている。

「先生、めっちゃ怒ってたよ。何度か声かけたんだけど、カズくん、三時間目からずっと起きないし。いびきまでかいてたんだから」

「……マジか」

「あれはまずいと思うな。起きたら職員室来るように言ってたよ？　もう放課後だし」

慌てて黒板の上にある時計に目をやった。そろそろ四時近い。とっくに授業は終わっている。教室には安城しかいなかった。

「ウソだろ。俺、そんなに寝てたのか？」

「いや、こっちのセリフだし。っていうか、カズくんが起きるの待っててあげたんだから感謝してほしいなー」

「あ、ああ、サンキュ」

安城に鼻の頭を弾《はじ》かれる。目の前でオモチャの指輪が光った。

「ま、カズくんのかわいい寝顔を見ながらハァハァさせてもらったけど」

「なにアホなこと言ってんだよ」

首を撫《な》でる。このままなにも知らなかったことにして帰ってしまおうかと一瞬考えたけど、あとで余計に怒られそうだから職員室に行く覚悟を決めた。それと同時に空腹を覚える。思いきり腹が鳴った。さすがに恥ずかしくて腹を押さえる。

「豪快な音だね」

「寝てたせいで昼飯抜いたみたいだからな」

白神《しらかみ》の件で悩んでいたはずなのに、腹は減るらしい。そのことにまた落ちこむ。

俺《おれ》は本当のところ、そんなにショックを受けていないのだろうか、と。

今日は菜月《なつき》の弁当を持ってきていなかった。もう学食も終わっている。

「仕方がないのう」

ふざけ調子で安城《あんじょう》は言い、机の横に引っかけているカバンを漁《あさ》った。

「これを恵んでしんぜよう」

いちごミルク味のキャンディーだった。

「かたじけない」

「ボクに口移しで食べさせてほしい？」

「いや、だったら、いらない」

「照れちゃってー、かわいいんだから、もう」

安城がキャンディーを俺に押しつけてくる。腹が減っているのは確かなのでありがたくもらっておく。つつみをといて、口の中に一つ放《ほう》りこんだ。

「甘い」

安城も自分のぶんを口の中に入れて、ころころと口の中で転がしている。

「さて、職員室に怒られにいくかな」

「ボクも、ついていってあげよう。カズくんが叱《しか》られてヘコむのを見てから帰るよ」

「いい趣味でいらっしゃる」

二人で並んで廊下を進み、階段をおりる。不思議と誰《だれ》ともすれ違わない。

静かな校舎の中を歩いていると、チャリ、チャリ、とかすかな金属音が聞こえてきた。

「ん？　なんの音だろ？」

「あ、たぶん、これ」

安城がスカートのポケットからウォレットチェーンを取り出した。サイフに結ばれているわけではないようだったけど。

「女子が持つにはゴツいな」

「まあ、ファッションで持ってるわけじゃないからね」

「そうなのか？」

「いざというときに、拳《こぶし》に巻いて殴る用。無差別通り魔事件とかもあって物騒だったし」

「いや、危ないから、そういうときは逃げてくれ。頼むから」

「無差別通り魔の続報って、全然ないよね。あの事件ってどうなったんだろ？」

「さあ？」

曖昧《あいまい》に答えておく。テレビでもネットでも、日々、話題が更新され続けていて、ほとんど誰も無差別通り魔について気にしなくなっているのが現状だった。

犯人が逮捕されたというニュースはなかったものの、新たな被害者も出なかった。危機感は薄れ、こうして、日常会話の中で、ふっと思い出されるくらいだった。

安城《あんじょう》と話をしているうちに職員室の前まで来ていた。

俺《おれ》は一つ深呼吸してから扉をノックする。

「失礼します……って、あれ？」

扉をあけてみると、中には誰《だれ》もいなかった。

「すみません！」

声を大きくしてみたけど、なんの反応もない。

「んー？　先生いないね。職員会議かな？」

うしろから安城も顔を覗《のぞ》かせる。

「会議ってどこでやってるんだ？」

「知らないよ、そんなの」

「まあいいか。言われたとおり職員室には顔、出したんだ。これはいないほうが悪い」

「そもそも授業中に居眠りしたカズくんが悪いと思うけど」

正論すぎて言い返せなかった。

「でも、もういいよ。いないんだからさ。職員会議だったら、それはそれで邪魔できないだろ。今日は帰るよ。怒られるのは明日にする」

「カズくんがいいなら、いいけど。あ、じゃあ久しぶりにどっか寄っていこうよ。駅ビルに美味《おい》しいクレープ屋ができたの知ってる？」

「ああ、いや、ごめん。今日は本当に帰る」

「むー、なんだよ。つき合い悪いなー」

安城の明るさには救われる。でも、今は遊びたい気分じゃなかった。

「今度、つき合うからさ。そのときは奢《おご》るよ」

「絶対だからね」

「ああ」

「じゃあ指きり」

安城は指輪をした小指を突き出してきた。

「子供かよ」

「いいから」

仕方がなく安城の小指に自分の小指をからませる。安城の指は小さくて、少し冷やりとしていた。俺のガサガサな手と違って、安城の手はすべすべしている。

「指きりってさ、大昔に遊女が客への愛情を誓う証《あか》しとして小指を切り落として贈ったことが由来なんだってね」

「このタイミングで怖いこと言うなよ！」

安城《あんじょう》はいたずらっぽく、にっ、と笑った。

「よーし、帰るかー」

安城が先を歩いて昇降口に向かう。

そうして、上履きからスニーカーに履き替え、外へ出ようとしたところ――。

「ん、なんだよ？」

扉が閉まっていた。普段は開いたままになっているのに。

ただ閉まっているだけじゃなくて、カギもかかっているようだった。

まあ、内側からなら簡単に解錠できるわけだけど。

「カギかけるの早すぎじゃないか？」

まだ、部活などで校内に残っている生徒だってたくさんいるはずだ。

そこまで考えて、ふと奇妙に思う。

「そういや、さっきから誰《だれ》もいないな」

「え？　ああ、言われてみると確かにそうだね」

校内はとても静かだ。誰の話し声も、廊下を歩いている音もしない。

「これ、勝手にあけたら怒られるかな？」

「出入りするやついるだろうし、大丈夫だろ。そんなに遅い時間じゃないんだから」

スマホで時間を確認しようとしたら……。

「あ？　おかしいな。動かない。真っ暗だ。充電してあるのに反応しない」

「壊れちゃったわけ？　うわー、ご愁傷《しゅうしょう》さま」

安城は合掌してから、自分のスマホを取り出す。けど、すぐに眉根《まゆね》を寄せた。

「なんだろ、ボクのも変」

安城のスマホを覗《のぞ》きこんでみる。デジタル表示がランダムに数字を変えていた。「3:35」が「1:28」に変化し、そう思ったら「18:50」に飛んで、「89:74」とかありえない時間を表示した。

昇降口にはアナログの時計がかかっている。

二人して、そちらを見あげた。針が左へぐるぐると回転している。

「ねえ、カズくん、なんかおかしくない？　あれ、なんで左に回ってんの？」

安城が俺《おれ》のワイシャツを指でつまんでくる。

おかしい。そのとおりだ。これは普通じゃない。心臓の鼓動が速まる。

「とにかく、カギあけて外に出よう。俺は居眠りの件でどうせ怒られるんだしな」

つまみをいじって解錠する。それから扉に手をかけた。

どういうわけか扉はびくともしなかった。

「どうしたの、カズくん？」

「動かないんだ」

「なんで？　カギあけたんでしょ？」

「そうなんだけど……」

思いきり力を入れても扉が開く気配はなかった。安城《あんじょう》は俺《おれ》が演技しているとでも思ったのか、自分も扉に手をかけて踏ん張った。やはり、扉が開く気配はない。

「わけわかんない。どうなってるの？」

俺はスニーカーのまま無言で廊下にあがる。窓のカギをあけて横に引いてみた。

でも、扉と同じように、窓のほうもまったく動かなかった。

隣の窓でも試したけど、そっちも同じだった。

「カズくん」

うしろから呼ばれる。いつになく不安そうな声だった。

「電話もできなかった。ねえ、どういうことだと思う？」

「……わからない」

そう答えたけど、俺の頭には魚眼レンズで覗《のぞ》いたような世界や、重力が反転した世界が思い浮かんでいた。

誰《だれ》もいない学校。開かない扉。狂った時計。通じない電話。

もしかしたら、ここは妄想領域なのかもしれない。

だけど、安城に伝えて信じてもらえるとは思えない。いや、真剣に伝えれば信じてもらえるかもしれないけど、安城を巻きこみたくなかった。

もし、ここが妄想領域なのだとしたら、吸生種《きゅうせいしゅ》が近くにいることを意味する。

俺が安城を守らないといけない。冷静になれ。安城を不安にさせるな。

「大丈夫だ。どっかから出られるだろ」

俺はできるだけ普通を装いながら言った。


安城と俺は学校中を歩き回った。一階だけではなく二階や三階、四階までもだ。しかし扉という扉、窓という窓が閉じていた。施錠の有無に関係なく、どこも開かなかった。

途中で安城が大声を出した。校内に残っている誰かに呼びかけたのだ。

俺は吸生種の可能性を考えていたので、その行為は自分たちの居場所を知らせることになるんじゃないかと焦った。

けど、誰も俺たちの前に現れたりしなかった。周囲はしんとしている。

外からも音がしない。セミの鳴き声も聞こえない。

「ほんとにどうなっちゃってるわけ？」

「一つ試したいことがある」

近くの教室に入って適当な椅子《いす》を一つ選ぶ。

「どうするの？」

「こうする」

ひっくり返して脚のほうを持ち、それを教室の窓に向けて思いきり投げつけてみた。

「ちょっと、カズくん！」

安城《あんじよう》は俺《おれ》の行動に慌てた。こんな状況でも窓を割るのは気が引けるらしい。

でも、安城の心配は杞憂《きゆう》に終わった。

窓は壊れず、椅子《いす》を跳ね返したのだ。傷一つつけられなかった。

「ど、どういうこと？　なんで窓、割れなかったの？」

やっぱり、ここは普通じゃない。

「わかんないけど、俺たちは閉じこめられたんだ」

扉も窓もあかないし、壊せない。誰《だれ》かが俺たちを閉じこめている。

注意深く外を眺めた。《眼球職人《がんきゆうしよくにん》》や《心中請負人《しんじゆうけおいにん》》のときのような異常は見当たらない。でも、誰も歩いていなかった。人の姿がない。

「……ねえ、どうするの？」

安城がつぶやいたそのときだ。

カタリ、と物音がして、俺も安城も振り返る。

教室の出入り口のそばに誰かが立っていた。顔見知りではないけど男子だ。

「よかった、ボクたちだけじゃ――」

安城は途中で口をつぐむ。

その男子はそれ以上、教室に入ってこなかったし、そもそも動きもしなかった。

そいつはマネキン人形だった。男子の制服を着たマネキンだ。俺は近づいて確認してみる。かなりリアルにつくられていた。リアルすぎて気味が悪い。

「なんで、こんなところにマネキンなんてあるわけ？　さっきまでなかったよね？」

安城がひっついてくる。

「俺にもなにがなんだか……」

そこでまた、カタリ、と音がする。廊下からだ。

覗《のぞ》いてみる。

三体のマネキンが廊下に立っていた。

女子のマネキンが二体、男子が一体。さっきまでは絶対になかった。

三体とも、歩いている途中、というような姿勢で固まっている。それぞれ手にナイフやカナヅチを携えていた。その光景に寒気を覚える。

安城も俺と同じように廊下に顔を出した。

「なにあれ、気持ち悪い」

その瞬間だ。ぐいっと強い力で手首を握られた。

「痛っ⁉」

反射的にそちらを見る。そばに立っていたマネキンが俺《おれ》の手首を握りしめていた。マネキンの肌は硬く、振りほどこうとしても指がはずれない。

「カズくん！」

安城《あんじよう》がマネキンに体当たりする。

手首が解放される一方で、安城はマネキンもろとも床に倒れた。

「おい、大丈夫か？」

俺はすぐさま安城を助け起こす。

「……うん、平気。でも、いったいどうなって――」

安城は顔をあげ――そこで青ざめる。

「な、なに、あれ？」

安城の視線は俺の背後に向けられていた。俺は振り返る。

廊下にいた三体のマネキンがこちらに近づいてきていた。ポーズも変わっている。ナイフやカナヅチを振りあげて、そのまま固まっている。

俺は安城を背中に隠す。

「ねえ、どうなってるの？　わけわかんない。マネキン、動いてるっぽくない？」

俺は答えられない。マネキンは明らかに移動している。俺の手首までつかんできた。

でも、実際にそうするところは目撃していない。

まるで『だるまさんが転んだ』だ。俺と安城が見ていないときだけ、あいつらは動いている。でも、俺たちが目を向けるとそこで停止する。

そういうことなのか？

「……安城、前のドアから出るぞ」

俺は安城の手を強く握る。

「え、でも」

「よくわかんないけど、あいつら『だるまさんが転んだ』みたいに、こっちが見てるあいだは動いてないと思う。絶対じゃないけど、視界に入ってるあいだは襲ってこない。うしろを見ててくれ。俺は前を見る。できるか？」

安城は少しためらってから「うん」と言った。

「よし。ゆっくり行くぞ」

俺は机をかきわけ、前を睨《にら》みつけたまま安城の手を引いていく。安城も静かについてきた。廊下に出る。

途端に心臓が口から飛び出るかと思った。

さっきまで誰《だれ》もいなくて、マネキンだって全部合わせても四体だったのに、少し目を離したあいだに大量のマネキンが廊下に立っていたのだから。

バットやテニスのラケットを持っているマネキンもいれば、ハサミやボールペンを握りしめているマネキンもいる。その気なら、ボールペンだって凶器になるだろう。

「どうしたの？　ねえ、カズくん、怖いよ」

「今はうしろを見ていてくれ。頼むぞ。前は俺《おれ》が確認するから」

「……わ、わかった」

「俺がついてる。おまえはちゃんと守る」

安城《あんじょう》を安心させるために手を一層強く握った。

安城も俺の手を強く握り返してくる。

俺が《一騎刀戦《いっきとうせん》》を使えれば、安城を助けることができるかもしれない。窓や扉も破れる可能性はある。問題は俺が望むタイミングで使えるかわからないということだ。東《あずま》は保証してくれたけど、俺はそんなに自分を信用しきれない。

それに、やっぱり固有妄想能力を使うのは最終手段にしたい。

安城は普通に暮らしていくべきだ。知らなくていい。

マネキンどものあいだをゆっくりとすり抜ける。今のところ、俺の推測は当たっているみたいで、どいつもこいつもぴくりとも動かない。

このまま逃げきれるだろうか？

いや、でも校舎から出られないのであれば逃げ場はない。

ここが妄想領域であるなら、白神《しらかみ》が気づいてくれるかもしれない。

そう考えて、昨夜の白神の顔を思い出してしまった。あの憂いを含んだ笑顔を。

──わたしは一騎《かずき》くんの命を救えてよかったです。誰《だれ》かの役に立つことがわたしの存在意義ですから。助けさせてくれて、ありがとうございます。

「カズくん？」

うしろから呼ばれて、ハッとする。今は目の前のことに集中しないといけない。

「なんでもない」

なんとか階段のそばまで辿《たど》り着《つ》いた。廊下を折れる。

そこで俺は立ち止まってしまう。階段にいるマネキンの数が多すぎた。隙間《すきま》がない。ゾンビ映画みたいなことになっている。

「こいつら、どこから湧《わ》いて出たんだよ……」

「ど、どうかしたの、カズくん？」

うしろだけを確認している安城には見えていないのだ。

「少し数が多いだけだ。押しのけていく。ついてこい」

俺は慎重に階段を埋めつくしているマネキンたちに近づいていく。

「ね、ねえ、なにか聞こえない？」

安城の言うとおり、ガチガチという物音がした。

それは、なにかがぶつかり合うような──。

「きゃあああああっ!?」

安城《あんじよう》が悲鳴をあげる。見れば隙間《すきま》から腕が伸びて、安城の足首をつかんでいた。安城はバランスを崩してその場で尻《しり》もちをつく。

「くそ!」

俺《おれ》はマネキンの腕を蹴《け》りつけ、安城を助け起こす。

「ダメだ、数が多すぎる! 前のマネキンに隠れて、こっちから見えていないやつらは動けるんだ!」

そのあいだにも、背後のマネキンどもが近づいてくるガチガチという音が聞こえた。

急いで振り返ったら、まさに『だるまさんが転んだ』方式で、マネキンどもは動くのをやめている。でも、すぐ近くにナイフを持ったやつが立っていた。

これではいつかケガをする。へたをすれば命だって落とす。

「こっちだ」

俺は安城の手を引いた。そばの教室のドアをあけ、机と椅子《いす》を倒して即席のバリケードにした。それから掃除用具入れの中身を外に出す。

「ど、どうするの、カズくん?」

「おまえは中に隠れてろ。隙間から外を見てるんだ。囲まれるかもしれないけど、手は出せないはずだ」

「ヤダ。ヤダ、ヤダ！　カズくんはどうするの？」

「出口を探す」

実際にはあいつらを排除する。《一騎刀戦《いっきとうせん》》が使えれば倒せるはずだ。全員チェーンソーでぶった切ってやる。扉だって破れるかもしれない。

でも、安城に見られるわけにはいかない。

「ボクも一緒に行く！　一人にしないで！」

「いや、安城はここで――」

直後にガチガチと音がして、俺はそちらを睨《にら》みつけた。

バリケードを破って、教室の中にマネキンどもが侵入してきている。

「カズくん！」

そこで安城が俺を引っ張った。そのままロッカーを内側から閉める。

「おい！」

狭い掃除用具入れのロッカーの中に二人も入れば体が密着してしまうのは必然だった。

安城は俺に抱きつくような格好になっている。

「どこにもいかないで。ボクとずっと一緒にいて」

安城は小さな子供のように俺にしがみついて離れようとしない。

「お願いだから」

こんなときだっていうのに、安城《あんじょう》の柔らかな体に俺《おれ》はドキドキした。

「……安城」

安城は顔をあげ、濡《ぬ》れたような瞳《ひとみ》を俺に向ける。

「ボク、怖くて……だから……」

そのとき——ロッカーの扉が開かれた。

○ ○

「おーい、起きれー」

体を揺すられて、まぶたを開く。

「……ん」

俺は机に突っ伏していた。首が痛い。体を起こす。

「あれ？」

そこはいつもの教室で、黒板の前に教科書を持った担任の姿があった。呆《あき》れたような目で俺を見る。

「よく眠れましたか、木須《きず》くん？」

慌てて背筋を伸ばした。

「あ、や、すみません」

「ずいぶん、情熱的な夢を見ていたようですね」

「え？」

前の席にいる安城が珍しく恥ずかしそうな顔をした。

「……カズくん、寝言でボクの名前連呼するんだもん。安城、安城って」

教室中がくすくすと忍び笑いで満たされる。

顔が熱くなった。

「さて、差し支えなければ、退屈な授業に戻ってもいいでしょうか？」

「す、すみません」

俺は頭をさげて、そのまま教科書を見つめる。

さっきまでのは、すべて夢だったらしい。マジか。アホだろ、俺。

……ただ、夢にしては、やけに生々しかった気がする。

マネキンに手首をつかまれたときの感覚がまだ残っているような……。

おかしな浮遊感みたいなものを引きずったまま、放課後になった。

「よっしゃー、終わったー」

前の席で安城が伸びをする。それからこちらを振り返った。

「ねえねえ、カズくん。このあと暇？　よければさ、久しぶりにどっか寄っていこうよ。駅ビルに美味《おい》しいクレープ屋ができたの知ってる？」

「……さっきも同じこと言わなかったか？」

「なんのこと？」

「駅ビルにできたクレープ屋に、俺《おれ》のこと誘わなかったか？」

「誘ってない。なにそれ、誰《だれ》かに誘われたわけ？　許せん」

そうか。あれは――夢だ。きっと、たまたま重なっただけだ。

「あ、いや、ごめん。勘違いだった」

「ふーん。ま、いいや。で、行く？」

「悪い。今日はパスするよ」

「むー、なんだよ。つき合い悪いなー」

「今度、つき合うからさ。そのときは奢《おご》るよ」

「絶対だからね」

「ああ」

「じゃあ指きり」

安城《あんじょう》は指輪をした小指を突き出してきた。途端に目眩《めまい》がする。

「どうかしたの？」

周囲を見回す。夢の中と違って、クラスメイトが何人か残っていた。廊下から賑《にぎ》やかな声も聞こえてくる。俺は席を立って、急いで窓に近づいた。俺がやらなくても、窓はあいていた。風が吹いてカーテンを揺らす。

「なにしてんの？」

安城が不思議そうに訊《たず》ねてきた。

「な……なんでもない」

そう答えながら、俺は《心中請負人《しんじゅううけおいにん》》の言葉を思い出していた。

——秩序ヲ乱ス事。アノ方ヨリ命ジラレタ事ハソレダケ。

安城と教室でわかれ、俺は急ぎ足で五島《ごとう》クリニックを目指す。

《心中請負人》は何者かに導かれて、連続自殺未遂を起こしていた。

一人の命も奪わなかったことは、彼女の選択だと思う。

でも、やりかたに問題がなかったわけじゃない。

あの方法では誰も救われない。

なのに、その方法を肯定したやつがいる。

そいつは彼女を使って、混沌《こんとん》をもたらそうとしていた。

「……黒幕はまだ野放しなわけだ」

さっき見た夢……あれは本当にただの夢だったのか？

胸騒ぎがする。なにかよくないことが始まっているように思えてならない。

「笹羅《ささら》さんに知らせて、白神《しらかみ》にも――」

唐突に白神のことが頭をよぎり、足が止まりそうになる。

ダメだ。今は考えるな。頭の中から無理やり追い払うために速度をあげる。

そうして目指していた場所に辿《たど》り着《つ》き――俺《おれ》は愕然《がくぜん》とする。

クリニックがビルごと消えていた。そこはただの空き地になっている。ぽつんと『売り地』と書かれた札が手前に立っていた。それ以外にはなにもない。

「……ウソだろ……どういうことだよ……？」

慌てて周囲を見回す。

クリニックのあった雑居ビルがなくなっているほかは、これまでと変わっていない。

俺はスマホを取り出して、五島《ごとう》クリニックに電話をしようと思った。

けど、肝心のクリニックの番号を知らなかった。

「くそ」

仕方がないので、立て札の下に書かれている電話番号を押した。不動産屋のものだ。不機嫌そうな声をしたおっさんが出た。どう説明すればいいのかわからなかったけど、とにかく場所を説明して、いつからこの場所を売りに出しているのか訊《たず》ねた。

そしたら、おっさんはさらに不機嫌そうになって、『一年以上前からだ』と言った。

わけがわからず、俺はぼそぼそと礼を言って電話を切った。

「……どうなってるんだよ」

混乱したまま、目についた本屋に入った。客は一人もいなくて、店員の女の人が本を段ボール箱に詰めている。声をかけて、空き地について訊《き》いてみた。いつから、あそこは空き地だったのか、と。

「さあ、一年前にはとっくに空き地だったと思うけど」

そんなふうに店員は答えた。

本屋を出て、ビルがあったはずの空き地に戻り、そこに座りこむ。

どうして五島クリニックがビルごとなくなっているのか？

一年以上前から空き地だなんてありえない。

昨日、俺はあそこで眠り続ける白神の本体に会っているんだから。

もしかして、『委員会』による情報操作とか？

俺が機密情報を知りすぎたから、それで……いや、だったら、それこそ俺を隔離したほうがよほど簡単なことだろ。でも、東《あずま》はその必要はないと言ってくれた。

わけがわからない。

スマホを使って「五島クリニック」と検索をかけてみた。電話番号を知りたかった。同じ名前の診療所がたくさんあるらしく、大量に表示されたけど、俺《おれ》が知っている五島《ごとう》クリニックは見つからなかった。「五島笹羅《ささら》　クリニック　院長」でもダメだった。

手がかりになるかもしれないと思って、「エアクラット　不時着　事故」でも調べてみた。飛行機の正式な名前は覚えてなかったけど、笹羅さんが事故は六年前に起こったと教えてくれた。西暦も打ちこむ。でも、それらしい事故の記事は一件もなかった。

「事故が起きてない……？」

俺は震える指で「白神千和《しらかみちわ》」と打ってみた。表示されたのは似たような名前の別人に関する記事ばかりだった。白神千和のことなんてどこにも書かれていなかった。

いったい、どうなってるんだ？

頭をかかえこむ。

そのうち、混乱する俺の頭に、妙な思いつきが浮かんだ。

初めから、なにもかも俺の妄想だったんじゃないだろうか？

白神千和なんて女の子はいなかった。

五島クリニックも最初からなかった。五島笹羅も春風髑髏《はるかぜどくろ》も実在しない。神因性妄想具現化症《しんいんせいもうそうぐげんかしょう》なんて病気もないし、吸生種《きゅうせいしゅ》だって存在しない。当然、『吸生種撲滅委員会《きゅうせいしゅぼくめついいんかい》』なんていう組織も俺の頭の中にしかなく、夢飼《ゆめかい》もいない。

すべて俺の妄想。

そうだ。そのほうがよっぽどまともだ。

固有妄想能力なんてもので、チェーンソーを召喚してるほうが異常だ。

俺はようやく正気に戻って……。

「……そんなわけあるかよ」

やっぱり、なにかが起きているんだ。俺が見た奇怪な夢と、クリニックの消失に関係があるとは断言できないけど、今のこの状態が正常だとは思えない。

「落ちつけ。なにか……なにか取っ掛かりになるものが……」

不意に閃《ひらめ》く。

「そうだ。菜月《なつき》は白神に会ってる。菜月なら白神を覚えているはずだ」

時間を確認すると五時一六分だった。まだ、菜月はバスケ部の練習中だろうか。中学ではケータイやスマホの持ち込みは禁止だ。

俺は立ちあがり、中学校を目指して走り出した。


結果的に菜月は学校にいなかった。汗だくの高校生が中学に乗りこんでくる図というのは、さぞや異様な光景だったろうけど、気にしていられなかった。体育館に直行して、顔見知りの先生をつかまえた。すると、菜月は部活を休んだと教えてもらえた。よほど俺が切羽詰まった顔をしていたのだろう。「緊急の用事か？」と先生に訊《き》かれた。「いえ、ちょっと」と、ごまかして、俺《おれ》は菜月《なつき》に電話を入れた。

けれど、こんなときにかぎって菜月は応答してくれない。

家にもかけたけど、同じだった。

まだ帰っていないのか？　……まさか、菜月になにかあった？

想像するとゾッとした。嫌なことばかりが頭をかすめていく。

「くそ！」

俺は慌てて中学をあとにした。

家に辿《たど》り着《つ》いたとき、俺の太ももはパンパンになっていた。汗だくで、のどがヒリヒリした。一度止まったら膝《ひざ》が折れて転びそうになったけど、無理やりスニーカーを脱いで家にあがった。

「菜月！　帰ってるか、菜月！」

リビングのドアをあける。続き部屋になっているキッチンに菜月が立っていた。

「あ、お兄ちゃん。お帰り」

「……か、帰ってたのか……よかった……本当に……」

大げさに安堵《あんど》する俺を菜月は不思議そうな目で見た。

「どうかしたの？」

「いや、おまえ、電話に――」

言いかけている途中で、俺は言葉を呑《の》みこむ。

そこにいたのが菜月だけじゃなかったからだ。

「おっかえりー、カズくん」

安城《あんじよう》が食器棚の向こうから顔を覗《のぞ》かせた。

「……なんでいるんだよ、安城？」

「帰りに会って、ナッチに誘われたの。えへへー、驚いた？」

安城は笑顔を俺に向け、でも、すぐに怪訝《けげん》そうな表情をつくる。

「どしたの？　すごい汗かいてるけど」

「あ、ああ。ちょっと走ったから……」

「ほい、水」

安城が水の入ったグラスを渡してくれた。「助かる」と言ってから一気に飲み干す。

「っていうか、どこに寄り道してたわけ？　ボクより先に帰ったはずなのに」

「……べつに、どうでもいいだろ」

菜月に白神《しらかみ》のことを訊《き》きたかったけど、無関係の安城の前では避けたい。

タイミングを見計らって二人きりにならないといけない。

まずは呼吸を整える。二人に変な心配をかけないように、普段通りに振る舞おう。

「なんだよ、なんだよ。カズくん、冷たい。そんなに冷たいと、ボクはナッチとの百合《ゆり》ルートに突入しちゃうんだからね」

「妹に手を出すなよ」

「ふっふっふ。貴様の妹は、すでに我が手中にあるのだよ」

安城《あんじょう》が菜月《なつき》のうしろから抱きついた。

「さあ、百合ルートを回避したくば、ボクのおっぱいを触りたいと言え！」

「お兄ちゃんたちって、お笑いとか目指してるの？」

菜月が呆《あき》れたように言った。安城が笑い出す。俺《おれ》も無理やり笑みを浮かべた。

「……二人でなにしてたんだ？」

「料理だよ。今日はナッチとボクが愛情やなにかしらの分泌液《ぶんぴつえき》をたっぷり入れた手料理をつくってあげるから」

「変なもん入れるなよ」

「隠し味にしとく」

「いや、だから入れるなって」

「そんなことより、お兄ちゃん」

菜月はするりと安城の手から逃げる。「む」と安城がうなった。

「汗すごいから着替えたほうがいいんじゃない？　冷えて風邪引いたらいけないし」

「ああ、うん。そうする」

「ねえ、カズくん。なんか様子おかしくない？」

安城が俺の顔を覗《のぞ》きこんできた。

「……なんでもないって」

俺は逃げるようにキッチンを出て、二階の自室に入った。

うしろ手に閉めたドアにもたれかかり、ずるずると座りこむ。

菜月は無事だった。電話に出なかったのはタイミングが悪かっただけなのだろう。なにかがあったと思いこんだのは、俺の早とちりだった。

だけど、まだ奇妙な夢のことや、クリニックの消失についてはなにも解決していない。

菜月に白神《しらかみ》のことを確かめなければならない。

でも、その先、どうすればいいのか、具体的なプランはなかった。

菜月が覚えていたとしても、白神をどうやって探せばいいのかわからない。

菜月が覚えていないと答えた場合だって、同じく行き詰まりだ。

「くそ。どうすりゃいいんだ……」

なにもできない自分がふがいなくて腹立たしい。

そのとき、背後からドアをノックする音が聞こえてきた。

「おーい、カズくん。着替えた？」

考えごとをしていて、安城《あんじょう》が階段をあがってくる音を聞き逃していたようだ。

「いや、まだ」

「ねえ、大丈夫？　具合悪いの？」

「そういうわけじゃない。ごめん。心配いらないから。下で待っててくれ。すぐ行く」

変な心配をかけたくないと思っているのに、あまり、うまくはいっていないらしい。

「そう？　じゃあ、下で待ってるね」

今度は階段をおりていく音がする。

俺《おれ》は心の中で安城に感謝した。安城の明るさには本当に救われる。

昨日、学校をサボったときだって、安城の電話でずいぶんと心がほぐれた。

思い返せばいつもそうだった。初対面のときだって――。

「……あれ？」

不意に奇妙な感覚に胸を支配される。

安城と初めて会ったのって、いつだっけ？

いや、あいつとは小学生からのつきあいだ。最初を覚えてなくても仕方がないか。

卒業するときは同じクラスだった……はずだ。

修学旅行や運動会でも一緒だった……はずだ。

中学は三年間、同じクラスだった……よな？

なのに、記憶のどこをさらってみても安城の姿が出てこない。

安城はオモチャの指輪を気に入ってつけている。あれは俺が去年の安城の誕生日にプレゼントしたものだ。そのはずだ。なのに、「指輪をプレゼントした」という記憶があるだけで、渡した場面を思い出せない。

「ど、どういうことだ？」

寒気がした。衝動的に立ちあがる。

けど、勢いをつけすぎたのか、立ちくらみがした。

目の前が白くなって、本棚にぶつかり、その場でへたりこむ。

しばらく、じっとしていたら、目眩《めまい》は引いていった。

顔をあげると本棚の一番下の段にしまっていた卒業アルバムが目に映った。

「……卒アル」

急いで小学校と中学校のアルバムを引っ張りだす。まず、中学のアルバムをめくった。

最初に教員の写真があり、次が三年のときのクラスごとの写真だ。俺は三組だった。

そして、安城蛍《ほたる》は――どこにもいなかった。

三組だけじゃない。一組から四組まで全クラスの生徒を確認した。でも、どこにも安城の名前も写真もなかった。俺は小学校の卒業アルバムも開いた。クラス写真、文集、どんなに探しても安城蛍は見つからなかった。

「どうなってるんだよ？」

「まだ着替えてないの？」

突然、声がした。驚いて顔をあげると、ドアにもたれるようにして安城《あんじよう》が立っていた。安城が部屋に入ってきたことに、俺《おれ》はまったく気づいていなかった。階段をあがってくる音もやっぱりしなかった。安城は笑みを浮かべている。

「おまえ、いつの間に……いや、そんなことより、これを見てくれ」

立ちあがって、安城に卒業アルバムを突き出す。

「卒アルのどこにもおまえが載ってないんだ。おかしくないか？」

「なんで急に卒アル？」

「それが、よくわからないんだ。俺たち、幼なじみだろ？　小中、一緒だったよな？　なのに、記憶が変で、なぜか、その……安城と一緒に過ごした想《おも》い出《で》がないんだ。気を悪くさせたらごめん。思い出せるのは、せいぜいこの春からことだけなんだよ。それで、とにかく、卒アルで確認しようとしたんだ。だけど、おかしくて……」

自分で言ってて混乱してきた。

「カズくんのアルバム、落丁とかそういうのなんじゃない？」

「いや、そういうんじゃない。小中両方のアルバムに、一枚も安城が写ってる写真がないんだよ。名前も見つからないなんてありえないだろ」

「んー、あんまり深く考えなくていいんじゃない？」

「深く考えなくていいとか、そういうレベルの話じゃ――」

「カズくん、疲れてるんだよ。うん。授業中も居眠りしてたし。シャワーでも浴びて、軽く眠ったほうがいいと思うな」

疲れてる？　本当にそれだけなのか？

また、目眩《めまい》がした。

「ほら。危ないよ」

安城が支えてくれる。甘い香りが鼻をくすぐった。

「シャワーは無理かな。とりあえず横になったほうがいいね。寝て、目を覚ましたら、なにもかも元通りだよ。心配はいらない」

「……元通り」

安城の手が俺の頬《ほお》を撫《な》でる。急速に眠気がやってくる。

「ボクはカズくんの幼なじみ。卒業アルバムにもきちんと載ってるから。現実をそのまま転写させたときに、クリニックのほうは消したんだけど、そっちに気を取られていたせいで、卒業アルバムを改変するのを忘れちゃってた。せっかくだから、いくつか記憶も偽造しようか。偽物の想い出ってなんだか悲しいけど、仕方がないね。この先、本物の想い出をつくっていけば、それでいいよね」

安城《あんじょう》はなにを言ってるんだ？

「さあ、眠ろう。もう一度、リセット。やり直し」

やり直し？

ダメだ。うまく頭が働かない。体が重い。自分一人では立っていられない。

「危険なことはもう起こらないよ。昼間はごめん。吊り橋《つりばし》効果ってやつを試してみたつもりなんだけど、逆効果だったみたいだね。ただの夢って思ってくれればよかったのに、クリニックにこだわるんだもん。ビルをまるまる消しちゃったのもよくなかったのかな。記憶をいじっておけばよかったね。カズくんはできるだけ、あるがままでいてほしかったんだけど。ボクのやりかたが悪かったみたいだ。でも、もう大丈夫」

安城の囁《ささや》きが子守唄のように心地よくて、俺《おれ》はまどろむ。

「すべてなかったことにしちゃおう。カズくんを危ない目に遭《あ》わせる連中とは縁を切ろう。この先、世界がどうなろうとカズくんだけはボクが守ってあげる」

「……な、んで……あんじょう……くりにっく、のこと」

「しーっ」

安城が俺のくちびるに指を当てた。

「しゃべらないで。おやすみ、カズくん」

俺の意識は一気に深いところに落ちていき——。

一騎《かずき》くんっ！　どこですか、一騎くんっ！　応《こた》えてくださいっ！

唐突に頭の中で響いた白神《しらかみ》の声とともに覚醒《かくせい》した。

痺《しび》れる体にムチを打つように力を入れ、目の前の安城を突き飛ばす。

反動でこっちが倒れそうになったけど、無理やり踏ん張った。自分の頬《ほお》に平手を食らわせる。眠るな！　眠るな！　眠るな！

「白神！」

腹の底から大声をあげる。けれど、白神の返事はなかった。

安城が呆然《ぼうぜん》とした顔をして俺を見あげているだけ。

「カズくん？　なんで？」

震える手を俺は握りしめた。

「……おまえ……誰《だれ》だ？　本物の安城はどこだ？」

「ボクが本物の安城蛍《ほたる》だよ。カズくんの幼なじみで、クラスメイト。そうでしょ？」

「答えろ！　おまえは誰だ！」

すると、安城は笑みを消し、完全な無表情になった。ゆっくりと立ちあがる。

「こう言えばカズくんは満足するわけ？　安城蛍は実在しない。――吸生種《きゅうせいしゅ》だって」

「……吸生種《きゅうせいしゅ》……安城《あんじょう》が？」

足もとから崩れそうになる。でも、必死に耐えた。

「どういうことだよ！　説明しろ！」

安城は「こんなはずじゃなかったのにな」と言って、笑顔をつくり直す。

あまりにもよくできすぎていて、ひどくウソくさい笑顔だった。

「ボクはさ、『初恋のあの子』が具現化した妄想なんだよ。立ち位置的にはクラスで二番目にかわいい女の子ってところかな。誰《だれ》もが思い出そうとしてもうまく思い出せない存在。甘酸っぱい記憶とともに忘却の海に捨てられてしまったものの集合体。それがボクだよ。カズくんには、ボクを幼なじみと思いこませただけ。なにもかも都合のいい妄想だよ」

「い、いつから……？」

「クラス替えのタイミングで紛れこんだの」

「……四月からってことか？」

「そう。だから、カズくんと一緒にいた時間は、半年にも満たないってことになるね。短かったような気もするけど、色々あったよね。春の陸上記録会とか、一緒にやった試験勉強とか、授業サボってラーメン屋の行列に並んだりとか」

「……どういう、ことだ？　俺《おれ》を見張ってたのか？」

「見張る？　どうして？　カズくんは、普通の高校生だったじゃない」

その通りだ。ついこのあいだまで、俺はなにも知らないただの高校生だった。

「カズくんを監視しなければいけない理由なんてなかったよ。カズくんが、無差別通り魔事件に巻きこまれるまでは、ね」

そう。あのとき、すべてが変わった。《眼球職人《がんきゅうしょくにん》》に左目を交換され、大《おお》ケガをして白《しら》神《かみ》に助けられた。それがきっかけで神因性妄想具現化症《しんいんせいもうそうぐげんかしょう》を発症させ、固有妄想能力を発動させられるようになった。

「《一騎刀戦《いっきとうせん》》だっけ。あれはよくないね。訓練を受けたわけでもない素人が吸生種二体を倒しちゃうなんて前代未聞だよ。『委員会』は、カズくんの命だけ助ければよかったのに、余計なことしてくれちゃったよね」

「安城……おまえ……」

瞬間、脳裏に、《心中請負人《しんじゅうけおいにん》》の言葉がよぎった。

――秩序ヲ乱ス事。アノ方ヨリ命ジラレタ事ハソレダケ。

――真実ヲ知ル覚悟ヲナサイ。貴方《あなた》ハ――貴方達ハ真実ヲ知ラナイ。

彼女は消える間際に、事件の背後に誰かがいたことを示唆していた。

無差別通り魔事件が話題になり始めたのは七月末。

連続自殺未遂の最初の一件目が発生したのは八月二日。

それについて、笹羅《ささら》さんはこう言った。

——二件の妄想事件がほぼ同時進行で起きているというのは頻度が高いな。

——なにか作為的なものを感じる。

作為……何者かの意図……二つの事件の背後にいた黒幕。

「……無差別通り魔事件も連続自殺未遂も、おまえが仕組んだことなのか？」

安城《あんじよう》は答えない。

「さっき、現実を転写したとか言ってたな？　ここはどこだ？」

安城は答えない。

「妄想領域なのか？　だからクリニックがないんだな？」

安城は答えない。

「昼間のことも言ってたな？　学校に閉じこめたのもおまえなのか？」

あれはやはりただの夢ではなかったのだ。授業中に居眠りをしてから、俺《おれ》はずっと安城のつくりあげた妄想の世界に囚《とら》われ続けているということになる。

「なんのために？　おまえはなにをするつもりなんだ？　なにが目的だ？」

「目的？　……目的か」

そこで、安城はため息をついた。それから、まっすぐに俺を見つめてくる。

「さしあたって、カズくんを妄想領域に閉《こ》じこめておくことがボクの役目だよ」

「……俺を閉じこめる？」

「《眼球職人《がんきゅうしょくにん》》は囮《おとり》だった。目をえぐるというのはインパクトがあるからね。『委員会』の注意を集めさせ、《心中請負人《しんじゅううけおいにん》》が動きやすいようにした。連続自殺は、ゆくゆくは世間を大きく賑《にぎ》わせるはずだった。全員、未遂の末に昏睡状態に陥ったってのは、こちらの意図ではないけど、まあ、どっちでもいいよね。逆に不気味で効果的だったかも。原因がわからないことこそ、人間が最も恐れるものだから。彼女はいい仕事をしてた。フォローしておくと、《眼球職人》だってただの囮じゃなかったんだ。『委員会』支部の夢飼《ゆめかい》を始末する予定だった。ただ、有幻核《ゆうげんかく》を回収しようとした結果――」

安城は一呼吸の間を置いてから言った。

「カズくんに邪魔されちゃった」

安城の笑みにゾッとする。

「カズくんの存在は大きな誤算だったわけ。《眼球職人》が逃走時間を稼ぐためにカズくんの背中を刺したことが、妄想具現化症を発症させるきっかけだったみたいだから、こちらの落ち度ではあるんだけど、まさか、ただの高校生があんなに凶悪な固有妄想能力を発動させられるなんて思わないじゃん？　やられたよ」

軽い調子で安城は言う。

「というわけで、ボクの出番。カズくんにこれ以上、邪魔をしてもらいたくない」

安城は両手を広げた。

「カズくんにはボクの世界にいてもらう。でも、不安に思うことはないよ。ここには『吸《きゅう》生種撲滅委員会《せいしゅぼくめつ》』なんてものは存在しない。夢飼《ゆめかい》もいない。ボク以外の吸生種だっていない。そもそも、神因性妄想具現化症《しんいんせいもうそうぐげんかしょう》という病を発症させることがない。それから」

安城《あんじょう》は一度、足もとに視線を落とし、それからまっすぐに俺《おれ》を見た。

「ここでなら、ボクだって普通の女の子になれる」

「……普通の女の子？」

「ねえ、カズくん」

次の瞬間、手首をつかまれ、俺はベッドに押し倒されていた。唐突な展開に俺はうまく対処できない。うるんだ安城の瞳《ひとみ》がすぐそばに迫っていた。

「あ、安城！」

起きあがろうとすると、柔らかな体が押しつけられる。

「ずっと、ボクとここにいよう。カズくんがしてほしいこと、なんでもしてあげるよ？　カズくんがしたいこと、なんでもしていいんだよ？　どんな望みでもボクが叶《かな》えてあげる。もう怖いことは起こらない。痛いこともない。ずっと安全。それってステキでしょ？」

「なにを――」

「だから、ねえ、カズくん。全部、忘れちゃおう？」

安城のまつげが震える。俺の手首をつかんでいた力を緩めて、安城はゆっくりと俺に体

を傾けた。お互いの鼻先が当たる。くちびるが触れるまで三センチもない。甘い吐息。安城《あんじょう》の提案の意味がわからないほど、俺《おれ》もバカじゃない。だけど……。

「……カズくん？」

俺は安城に手首をつかまれたまま押し返していた。勢いのまま、ベッドからおりる。

「ここから出してくれ、安城」

「な、んで？」

安城は深く傷ついたような顔をする。そんな顔の安城を見ていられなくて、目をそらしそうになったけど、無理やり正面から覗《のぞ》きこむ。

「俺をここから出してくれ。それで、おまえも一緒に来い」

「……なにそれ？」

「安城が妄想でも、そんなの関係ないから。笹羅《ささら》さん……えっと、五島《ごとう》クリニックの院長で、『委員会』の中で、わりと偉い人っぽいんだ。俺、あんまり詳しくないんだけど、その人に俺が説明するから」

「説明？　なにを？」

「安城のことをだよ」

「カズくんの幼なじみとウソをついていた吸生種《きゅうせいしゅ》って？」

「そんな言いかたするわけないだろ。おまえは、そのつもりなら俺を殺すこともできた。

チャンスならあったはずだ。でも、俺を妄想領域に引っ張りこむところでやめた。それは安城には俺を傷つける気がなかったってことだ。そうだろ？　なら──」

安城はスカートのポケットからウォレットチェーンを取り出す。閉じこめられた校舎の中で見たゴツいチェーンだ。

「純粋なる虚言《きょげん》を盲信《もうしん》し、妄想を祝福せよ──《奏死双哀《そうしそうあい》》」

ウォレットチェーンは長大な鎖《くさり》と化す。

「──っ!?」

ただの鎖ではない。鋭い刃《やいば》が連なってできているその形状は巨大なムカデに似ていた。

安城がそれを振り回すと、机や棚、ベッドの一部がえぐられた。

「傷つける気がない？　それはボクが優しく提案してあげてたってだけ」

安城は刃の鎖を持っていないほうの手でくちびるをなぞった。

「やめろ、安城！」

「ただ、そうだね。少しショックかな。カズくんなら、ボクを選んでくれるかもって思ったのに。ハニートラップ、失敗か」

「ふざけるなよ！」

「でも、まあいいや。リセットしよう。次は、もう少しボク好みのカズくんに書き換えることにするよ。思い通りにならないオモチャならいらないもん」

安城《あんじょう》が刃《やいば》の鎖《くさり》を振りあげる。

「またね、カズくん」

頭の中に妄想のチェーンソーが思い浮かんだ。

けど、その召喚を俺《おれ》は拒む。あんなものを安城に向けたくない。

「くそっ！」

歯を食いしばり、安城めがけて突撃する。そこに鋭利な刃が迫ってきて。

「妄想を断《た》ち焼け——《一燈猟断《いっとうりょうだん》》」

唐突に横から弾《はじ》き飛《と》ばされ、俺は床に転ばされた。

「ぐっ」

硬い金属がぶつかり合った音が響く。

顔をあげると、空中に一メートルくらいの裂け目ができているのが見えた。

「白、神？」

白神《しらかみ》が安城の刃を巨大なハサミが受け止めている。

「なんで！」

安城が目を見開き、声を荒らげる。

「どうしてここがわかったの！　ファイアウォールは完璧《かんぺき》なはずなのに！」

「妄想移植をした際に、わたしは一騎《かずき》くんと『心』をわけ合いました。わたしたちはつながっているんです」

俺を呼ぶ白神の声を思い出す。安城に促されるまま眠りに落ちそうになったとき、確かに白神の声が聞こえた。つながっていたから、俺に届いたのかもしれない。そのおかげで眠らずに済んだんだ。

「一騎くんの声を頼りにここまで来ました。間一髪でしたけど」

「くっ……邪魔をするな、夢飼《ゆめかい》が！」

安城は刃の鎖を振り回す。

「あなたこそ一騎くんに手を出さないでくださいっ！」

すかさず、白神がハサミを分離させる。片方で鎖の刃を受け止め、もう片方を安城に突き出す。炎が舞いあがり、安城はそれをかわすためにうしろへジャンプした。部屋の窓を破って、外へ飛び出す。白神も安城を追いかける。

「やめろ、二人とも！」

俺も窓に駆け寄った。白神と安城は凄《すさ》まじい応酬《おうしゅう》を繰り広げている。近くの壁や民家を竜巻みたいに破壊していく。すでに、一般の人の姿はなくなっている。俺《おれ》が見ていたものは、すべてが妄想の産物だったのか。

「止めないと」

窓から飛びおりたって、俺はケガするだけだ。部屋を出て階段を駆けおり、急いでスニーカーに足を突っこむ。外に飛び出すと、遠くのほうから破壊音が聞こえてきた。音のするほうに走る。あたり一面に瓦礫《がれき》が散乱していた。

「白神《しらかみ》！　安城《あんじよう》！」

口もとを覆いながら粉塵《ふんじん》が舞いあがる中に突っこんでいく。

ほこりが目に入ってきて痛かった。涙が出る。

やがて――二人に追いついた。

白神も安城もどちらも一歩も引かず、互いの武器を打ちつけ合っている。

「やめろ！　やめろって言ってるだろ！」

俺の声ではどちらもやめてはくれず、攻防は激化する。

けれど、そのとき、白神の右手が昨夜と同じように透けてしまった。片方のハサミが地面に落ちる。安城がそれを見逃すはずがなかった。

「無様だね、夢飼《ゆめかい》！」

刃《やいば》の鎖《くさり》が白神を狙《ねら》って伸びる。

「白神に手を出すな！」

瞬間、俺は妄想のチェーンソーを召喚していた。

爆音が空気を震わせ、時間の流れが遅くなる。

「うぁあああああああぁあああっっあああああああっ！」

白神の前に飛び出し、チェーンソーで刃の鎖を切断した。

けれど、そこまでだ。これ以上、続ける必要はない。

チェーンソーを放《ほう》り投げる。落下したチェーンソーは部品を飛び散らせて分解した。

途端に時間の流れが正常に戻る。

「――っ!?　……カズ、くん？　どうなって……」

驚くのも無理はない。

安城には、突然、目の前に俺が現れ、武器が壊されているように見えただろう。

俺は安城の手をつかんだ。安城をまっすぐにらみつける。

「ダメです！　一騎《かずき》くん、逃げてくださいっ！」

うしろから白神の声が聞こえた。でも、振り返ってはいられなかった。

「そうか……今のが《一騎刀戦《いっきとうせん》》の力なんだね。まったく反応できなかったよ」

「もうやめろっつってんだろ！　何度言わせる気だよ！」

「……なんで、トドメを刺さなかったの？」

「バカか！　友達にトドメ刺すやつがどこにいんだよ！」

安城《あんじよう》は眉根《まゆね》を寄せた。

「そっちこそバカじゃないの？　ウソの記憶だって言ってるじゃん」

「知るかよ！　俺《おれ》はおまえのことが大事なんだ！　その気持ちは俺だけのもんだ！　おまえにどうこう言われる筋合いはねえんだよ！」

安城はこれ以上ないくらいに顔を歪《ゆが》める。それは笑うのを我慢しているようにも見えたし、泣くのをこらえているようにも見えた。

「……なにそれ。なんなのそれ……ふざけないで」

「ふざけてない！　俺は――」

「ダメだよ！　なんで、そんなこと言うの？　ボクを選ばないくせに、なんで優しくするの！　やめてよ！　そんなの反則だよ！」

安城が俺の手を払い、切断されて短くなった刃《やいば》の鎖《くさり》を振りあげる。

「一騎《かずき》くんっ！」

白神《しらかみ》が叫んだ。

俺は反射的に目を閉じそうになった。でも、閉じてなんてやらない。

「やってみろよ」

引いたら負けだ。まっすぐに安城を見つめる。

そして、安城が振りあげた鎖は、いつまで経《た》っても俺には到達しなかった。振りかぶったまま安城は止まっている。

その瞳《ひとみ》から涙がぼろぼろこぼれていく。くちびるを震わせ、安城は言った。

「……ボクはただの妄想だけど、一度くらい生きてみたかったんだ」

——その人が『死んでもいいや』、『死んじゃおう』って思ったのは悲しいけどさ、生き延びてくれてよかったよね。

連続自殺未遂について安城が話してくれたときの言葉を思い出した。

——軽々しくは言えないけど、生き直すチャンスをもらったんだ。有効に使ってくれたらいいよね。

あれは安城の本音だったはずだ。そう思う。そう信じたい。

「一回でいいからクラスで二番目にかわいい女の子じゃなくて、誰《だれ》かの一番になってみたかった。相手はカズくんでなくてもよかった」

安城は笑う。痛そうな笑みだった。

「そのはずだったのに、カズくんとしゃべっていたら……なんか楽しくて、楽しいってこういうことなんだって知って、だんだん、自分が吸生種《きゅうせいしゅ》だなんてこと忘れそうになって、まるで、ただの女の子みたいで、カズくんと一緒にいると胸がドキドキして、カズくんが笑うとボクも嬉《うれ》しくなっちゃって、突然、急に触りたくなって、でも、恥ずかしくて、だからバカなことしか言えなくて、苦しくて、ときどき、ふっと、自分はただの妄想でしかないことに気づいて、ゾッとして、ぐちゃぐちゃで……」

「……安城《あんじよう》」

「カズくんが……傷つくのはヤダな。カズくんを困らせるのはヤダな。カズくんにはいつも笑っていてほしいな……できるなら、ボクの隣でそうしていてほしかったな」

少しのあいだ、すべてが静寂につつまれ、安城の嗚咽《おえつ》だけが聞こえた。

白神《しらかみ》はなにも言わなかったし、俺《おれ》もなにも言えなかった。

一分か、二分。もしかしたら一〇分だったかもしれない。

「なーんちゃって」

目を腫《は》らしながら、安城は笑みを浮かべた。

「あはは。全部ウソだし。『モウソウ』という言葉の真ん中には『ウソ』という言葉が入っているのだよ。ボクがカズくんのこと好きなわけないじゃん。もしかして信じちゃった？　ごめんごめん、純情なカズくんを弄《もてあそ》んでしまったよ」

俺は答えなかった。

安城はムカデみたいな形の刃《やいば》の鎖《くさり》を捨てる。頰《ほお》にはまだ涙のあとが残っていた。まつげも濡《ぬ》れて束になっている。

「あーあ。なんか、もう飽きちゃったな。もうどうでもいいや」

安城は乱暴に顔を拭《ぬぐ》った。俺に背を向ける。

「元気でね、カズくん。ナッチによろしく言っといてよ」

「よろしくって、なんだよ、おい。安城、待てよ」

安城は一歩前に踏み出し、でも、すぐにこちらを振り返る。

「《眼球職人《がんきゅうしょくにん》》と《心中請負人《しんじゅううけおいにん》》を利用したのはボクじゃない」

「え？」

「カズくんたちが仲間だと思っているあの女は——」

「妄想に殉《じゅん》じよ——《冥狂詩哀《めいきょうしすい》》」

次の瞬間、安城が崩れ落ちた。

「安城⁉」

左肩から斜めに傷ができている。そこから青い煙が噴《ふ》きあがった。見覚えがあった。《眼球職人》も《心中請負人》も、消える前は血を流すように青い煙を発生させていた。

「しっかりしろ！　おい！　安城！」

俺はしゃがんで安城を抱き起こす。安城は苦しげに顔を歪《ゆが》めるだけだった。

「まったくもって、役立たずでいらっしゃる（笑）」

俺《おれ》は声の主を見あげる。倒れた安城《あんじょう》に目がいったので、その人物に、すぐには気づけなかった。

「どういうことですか、髑髏さんっ⁉」

白神《しらかみ》が大声をあげた。

黒いナース服に身をつつんだ春風《はるかぜ》さんがそこに立っている。そばに笹羅《ささら》さんはいなかった。春風さんだけだ。その手には真っ黒い刀が握られていた。

白神が春風さんに詰め寄る。

「彼女は武器を放棄していました。すでに脅威ではなくなっていたんです。傷つける必要はなかったはずです。それに、彼女はなにかを伝えようとしていました」

いつだって無表情だった春風さんは、そのとき――不気味な笑みを浮かべた。

「なにを勘違いしているのです、虫けら」

氷のように冷たい声で言い、春風さんは白神めがけて黒い刀を振りあげた。

「白神！」

俺は咄嗟《とっさ》に白神に組みついていた。アスファルトを転がる。刃《やいば》がすぐそばを通過した。

「虫は虫らしく死ねばいいものを」

春風さんが刀を返し、第二撃を斬《き》りこんでくる。

まずい。体勢が悪い。これでは逃げられない。

「くっ」

そんな俺《おれ》に、今度は白神《しらかみ》が体当たりを喰《く》らわす。そのまま、左手に握った片刃のハサミで春風《はるかぜ》さんの攻撃を受け止めていた。

「髑髏《どくろ》さん、なんでこんなことを？」

「わたくしの邪魔をしないでいただきたい」

春風さんに押し切られ、白神は後退する。

そこに、春風さんが踏みこんだ。黒い刀が閃《ひらめ》く。

白神はハサミの腹でそれを受け止めるが、競り負けて吹き飛ばされてしまった。

片刃のハサミが白神の手を離れて、アスファルトに刺さる。

「白神！」

俺が急いで立ちあがるのと、春風さんが白神に乗りかかって長い髪をつかむのとは同時だった。力任せにねじ伏せられて、白神がうめく。

「近づかないでくださいます？」

春風さんは白神をうつ伏せにすると、首に刀を当てる。

それを見て、俺は足を止めた。

「白神を放してください！　なんでこんなことするんですか！」

「かず、き、くん……逃げ……」

「黙りなさい」

春風さんは一度、刀をどけると、白神の顔をアスファルトにぶつけた。

「がっ！」

「白神！」

春風さんはまた白神の髪を引っ張り、首に刀を押し当てた。

「わたくしは、そこで転がっている駄作の後始末をつけにきたんですよ」

わずかに振り返る。

安城《あんじょう》が青い煙をこぼしながら倒れていた。早く助けないと手遅れになる。

「そこの駄作があなたを処分していれば、まるく収まったのに。職務放棄ばかりか、わたくしの正体までバラそうとするなんて。やはり、駄作はあくまでも駄作といったところでしょうか」

「あんたが……あんたが、安城に俺を襲わせたのか？」

いや、待て。……そうではなく、安城は俺を助けようとしていたんじゃないのか？

俺は安城にむかって、無差別通り魔事件と連続自殺を仕組んだのかと訊《たず》ねた。

でも、安城はそれに答えていない。

安城はただ、俺を拘束しようとしていただけだ。

裏で糸を引いていた本当の黒幕は――春風髑髏《はるかぜどくろ》。

むしろ、安城《あんじょう》は、春風髑髏から俺《おれ》を守ろうとしてくれていた？

「髑髏、さんは、笹羅《ささら》さん、を裏切っていたのですか？」

刀を首に当てられたまま白神《しらかみ》が訊《たず》ねる。

「黙れと言っているのが理解できないのですか？」

春風髑髏は、白神の髪を乱暴に引っ張る。白神が苦しそうな声をあげると、春風髑髏は満足そうにうなずいた。

「まあいいでしょう。答えて差しあげます。そもそも、裏切るもなにもありません。わたくしは吸生種《きゅうせいしゅ》なのですから」

その返答に俺は衝撃を受ける。白神も目を見開いていた。

「『みんな、不幸になればいいのに』。意外と大勢の人が心の奥底で、そんなふうに思っているものなんですよ。自分よりも恵まれている人、優れている人、愛されている人、そういう存在が許せないという人間が大勢いるのです。もちろん、人を呪《のろ》わば穴二つという言葉通り、不幸は願った者たちに跳ね返ってくるものではありますがね。わたくしは、そのような救いがたい願望から生まれました。そんなわたくしにとって『吸生種撲滅委員会《きゅうせいしゅぼくめつ》』は、邪魔以外の何物でもありません。ゆえに、消えていただきたいのです。目下のところ、組織を内側から腐敗させること、それがわたくしの目的です」

笹羅さんは《眼球職人《がんきゅうしょくにん》》がクリニックに侵入した経緯を気にかけていた。

でも、春風髑髏が手引きしたのなら、むずかしいことではなかったはずだ。

「五島《ごとう》笹羅の信用を得て、クリニックの中では十分な地位を確立できました。さらなるステップアップのためには本部に食いこむ必要があります。そこで《眼球職人》と《心中請負人《しんじゅううけおいにん》》を利用したのです。邪魔だったのは——あなた」

春風髑髏は白神を押さえつけたまま、赤い三日月のような笑みを浮かべる。

「あなたの《一騎刀戦《いっきとうせん》》は想定外でした。でも、そこはちょうどいいポジションに潜りこんでいた安城蛍《ほたる》を利用すれば解決できたはずなのですがね。まあ、仕方がありません。仕切り直しです」

「……笹羅さんはどうした？」

「本来であれば、彼女の死がわたくしのステップアップには不可欠だったのですけど、あなたというイレギュラーのせいで予定が変わりました。事後処理のために生かしてあります。安城蛍には白神千和《ちわ》と木須《きず》一騎《かずき》殺害の犯人となっていただきましょう」

「ふざけるな！」

「大まじめですよ。むしろ、わたくしの行動は人類の総意と考えていただきたい」

「総意だって？」

「よく考えてみてください。吸生種は人々の妄想から生まれるんですよ？　つまり、吸生種を望んだのは、そもそも人間なのです。それを排除しようとする『委員会』のほうこそ人間の敵なのではありませんか？　吸生種《きゅうせいしゅ》は望まれて誕生した。人間たちは自分たちを破滅させる存在を心の奥底で願ったのです」

「そんな、わけが、ありません」

白神《しらかみ》がうめくように言い、春風髑髏《はるかぜどくろ》はそれを否定する。

「そう信じたいのでしょうが、真実とは往々にして残酷なものなのですよ。あるいは、吸生種の誕生は人類という種の耐用年数が切れかけているということの表れなのかもしれませんね。まあ、どうでもいいではありませんか。あなたがたは、ここで死ぬのですから」

春風髑髏は白神の髪をつかんで、無理やり立たせる。

「うっ、ぐ」

「やめろ！」

黒い刀が白神の首に突きつけられているので、俺《おれ》は近づくことができない。

「わたしは……どうせ、消えるのですから、一騎《かずき》くんだけでも、逃げて――」

「うるさい！　今助けるから黙ってろ！」

俺は頭の中に妄想のチェーンソーを思い浮かべる……が。

「《一騎刀戦《いっきとうせん》》は発動させません」

突然、足もとからなにかが伸びて、俺の手や足にからみついてきた。

アスファルトから大量のガイコツの腕が生えていた。

そのまま引き倒され、押さえつけられる。

「なっ⁉」

「一騎くんっ！」

力をこめるが、振りほどくことができなかった。汗がにじみ出る。妄想のチェーンソーを思い浮かべようとしているのに、焦るほどにうまくいかない。

「無様ですね。固有妄想能力を発動させるには、具体的なイメージが不可欠です。しかし、訓練を積んだ夢飼《ゆめかい》でないあなたは圧倒的に経験を欠いている。ほんの少し自由を奪うだけでパニックを起こす」

春風髑髏は手も足も出せない俺を嘲笑《あざわら》う。

「ようこそ、わたくしの地獄へ。そこが特等席です。よく見ておきなさい。白神千和《ちわ》の首が胴体から離れるところを」

「一騎くん、目を、つむって――」

「白神！」

春風髑髏の刀が白神の首に喰《く》いこむ――直前。

青い煙が俺の視界をかすめた。

「貸し一つだよ、カズくん」

横たわっていたはずの安城《あんじょう》が俺《おれ》の目の前に立っていた。全身に青い煙をまとっている。

その手には刃《やいば》の鎖《くさり》が握られていた。俺が一度、切断したのに、もとの長さに戻っている。

安城は素早く鎖を振るう。

俺の体を拘束していたガイコツの腕を破壊し、その勢いのまま、先端が春風髑髏《はるかぜどくろ》の腕を
肩から切り落としていた。

「あら、わたくしの腕が」

落下する黒い刀を握りしめた腕。

けれど——アスファルトに到達する直前に、その腕が動いた。

それは一瞬のことだった。

黒い刀が投擲《とうてき》され、安城の胸を貫《つらぬ》く。傷口から噴《ふ》き出す青い煙の量が増した。

「安城！」

安城は胸に刺さっている黒い刀を見おろした。

「……あーあ、バカみたい」

そうつぶやくのが聞こえる。

安城は刃の鎖を手放し、黒い刀の柄を握った。一気に胸から引き抜くと、それも放《ほう》り捨
てる。安城の体が斜めに傾き、俺は咄嗟《とっさ》に駆け寄って支えた。

「安城！　しっかりしろ、安城！　おい！」

「ごめ、んね、カズくん。こんな、はず、じゃ、なかったんだけど、な」

腕の中で、安城は微笑《ほほえ》んだ。手を伸ばして、俺の頬《ほお》に優しく触れる。

「……ばいばい」

それが最後の言葉だった。

胸から溢《あふ》れる青い煙につつまれ、安城は俺の腕から消えていった。

なにかが落ちて、アスファルトの上で、カン、と音を立てる。

いつも安城が指にはめていたオモチャの指輪が俺の足もとに転がってきた。

靴に当たる。震える手で指輪を拾いあげた。

瞬間、指輪の表面に亀裂《きれつ》が走り、星が欠けた。

「ああああああああああああああああああああああああああああああっ！」

春風髑髏を睨《にら》みつける。

「悪くない余興でしたね。あなたのその目、とてもステキですよ。絶望は苦いほどに甘美でしょう？　たっぷりと不幸を堪能なさい」

片腕を失ったことなどまったく気にかけていない様子だった。彼女は残ったほうの腕で白神《しらかみ》の髪をつかみ続けている。強く引っ張られ、白神が声をあげた。

俺は歯を食いしばる。手が震える。足が震える。涙がこみあげてくる。

でも、泣いている場合じゃない。唾《つば》を飲みこみ、腹に力を入れた。

「その手を放せ！」

「一考に値しない意見ですね。もっと、この悪夢を楽しんでほしいのに」

再びアスファルトからガイコツの腕が伸びてくる。

二度もつかまってたまるかよ！

俺《おれ》は安城《あんじよう》の指輪を握りしめたまま、今度こそ妄想のチェーンソーを想像する。

体に電気が走った。心臓が大きく鼓動し、チェーンソーが召喚される。

時間が引き延ばされていくような感覚。体が軽い。

俺を捕らえようとする骨の腕をすべて横薙《な》ぎにする。

そのまま、春風髑髏《はるかぜどくろ》めがけて突撃した。しかし――。

「対策を講じていないわけではありません」

「――っ⁉」

春風髑髏は白神《しらかみ》を抱きかかえるようにして、大きくうしろへ跳ぶ。

肩の切断面から青い煙が尾を引く。白神は凍りついたように動かない。

これまで、《一騎刀戦《いっきとうせん》》を使用しているあいだは、すべての時間の流れが後退して感じられた。だからこそ、俺の独壇場だった。

けれど、今、春風髑髏は俺と同じ時間の流れの中にいる。

「くっ！」

「気が変わりました」

引き伸ばされた時間の中でも、春風髑髏の声は朗々と響いた。

「あなたを先に殺して差しあげます。亡骸《なきがら》を白神千和《ちわ》に見せてあげましょう。さぞや無力感に苛《さいな》まれることでしょうね。それもまた一興」

邪悪な笑みを浮かべる春風髑髏の顔面が、ぐずぐずに崩れ出す。皮膚が沸騰しているようにボコボコと泡立ち、急速に肉が腐敗していった。体が膨張し、黒いナース服が破れる。失われた腕が再生していく。肉が落ちて、骨が剥《む》き出《だ》しになるのと同時に、全身が巨大化していく。十数メートルはある巨体だ。

抱えられていた白神は、今や春風髑髏の手で握りしめられていた。

「……っ」

その威容に足がすくむ。

肋骨《ろっこつ》の内側に青黒い臓器が残っていた。それは一定の間隔で動いている。――心臓だ。

「愚カナ人類ニ絶望トイウ名ノ安寧ヲ」

巨大なドクロの怪物が覆いかぶさるように迫ってきた。

振りあげられた拳《こぶし》が襲いかかってくる。俺はチェーンソーでそれを受け止めた。腕に凄《すさ》まじい重みが加わる。回転する刃と頑強な骨がぶつかりあって火花が散った。

「潰《つぶ》レナサイ」

春風髑髏《はるかぜどくろ》の圧力が増す。俺《おれ》は耐えるので精一杯だった。

「ぐううう、うううううううううううっ！」

目の前には巨大な骨の拳《こぶし》。飛び散る火花に目が眩《くら》む。

手がしびれる。足場が砕ける音がする。

「諦《あきら》メテシマイナサイ。楽ニナレマスヨ」

「安城《あんじょう》が、つくってくれた、チャンスだ！　無駄に、するかよ！」

バカな話ばかりしていた俺の親友。クラスで二番目にかわいい女の子だって？

まさか。一番だったに決まってる。

植えつけられた記憶？　知らねえよ。俺たちは一番仲がよかった。それだけが真実だ。

「あんたの、地獄を、押しつけるな！　迷惑だ！　白神《しらかみ》と、一緒に、俺は帰る！」

視界の隅に白神の姿が映る。

——ぬ、抜けました。はふーっ。

初対面のときからぶっ飛んでた。ゴミ箱に上半身、突っこんでるんだもんな。

——どうか生きてください。

白神には何度も助けられた。《眼球職人《がんきゅうしょくにん》》に背中を刺されたときも、《心中請負人《しんじゅうけおいにん》》の妄想領域に取りこまれたときも……。

——こ、こうするのです。えいっ。

妄想移植だの、妄想の補強だのでキスまでしちゃったし。

でも、白神はいつだってまっすぐで、一生懸命だった。

――わたしは、誰《だれ》かの役に立たなければいけないんです。そうじゃないと、存在している意味がないんです。

白神はいつも自分より他人を優先する。だから放《ほう》っておけなかった。

――誰かの役に立つことがわたしの存在意義ですから。助けさせてくれて、ありがとうございます。

わかるけど、なにか違うと思う。

俺は白神に消えてほしくない。白神にも消えたくないって思ってほしい。

「帰るぞ、白神！」

簡単に消えていいわけない。簡単に消させたりしない。

だから、こんなところで時間を浪費してる場合じゃない。

「うらぁああああああああああああああああああああああああああっ！」

全力を注いでチェーンソーを傾ける。同時に俺は横に飛んだ。巨大な拳がアスファルトをえぐる。大きな亀裂《きれつ》が走り、アスファルトに高低が生まれる。俺は肩から落下した。すぐに起きあがる。

「無駄ナ足掻《あが》キヲ」

そこに春風髑髏《はるかぜどくろ》の拳《こぶし》が飛んできた。

避《よ》けない。目をつむってはいけない。ビビるな。

身を低くして前進する。頭上を拳がかすめた。足は止めない。

不安定なアスファルトを蹴《け》る。春風髑髏の腕を足場にして、一気に跳躍する。

「喰《く》らえっえええええええ！」

肋骨《ろっこつ》の隙間《すきま》に高速回転するチェーンソーを刺しこむ。

けれど、心臓に到達する直前、全身に強烈な衝撃が走った。

意識が一瞬、飛びかける。遅れて、春風髑髏に殴られたのだと理解した。

「アハハハッ。死ニナサイ。死ネ死ネ死ネ死ネ死――」

巨大な拳で何度も殴られ、意識が遠のきそうになる。でも、俺《おれ》はチェーンソーを放さなかった。奥歯を強く噛《か》みしめる。回転する刃が骨にぶつかり火花が散る。

大きな骨の手が、俺の体をつかんだ。そのまま引きずられそうになる。

それを、右手で肋骨にしがみつき、堪《こら》える。みしっと俺の全身が軋《きし》んだ。

「白神《しらかみ》、を、解放、しろっ！」

左手で握ったチェーンソーを思いきり押しこむ。ガリガリガリと骨を削る。

届け、届け、届け！

「知ってる、か？　その巨大化……死亡、フラグ、だぞ」

先端を、春風髑髏の脈打つ心臓に届かせる。高速回転する刃が、暴力的に心臓を引き裂いた。青い煙が噴《ふ》きあがる。そして、耳をつんざく――絶叫。

「嗚呼《ああ》々々々々々々々々々々々々々々々々々々々々々ッ！」

春風髑髏が握りしめていた白神を放《ほう》り投げる。同時に俺もアスファルトに振り落とされていた。背中を打って、俺は咳《せ》きこむ。体中が痛い。視界がぼやける。口の中が血の味でいっぱいだ。それでもすぐさま体を起こした。ふらつく足を踏ん張らせる。

青い煙につつまれた春風髑髏が、こちらに巨大な手のひらを向けた。

俺は全身の痛みを押し殺して、チェーンソーをかまえる。

けれど――春風髑髏の手が俺のところに届くことはなかった。

骨がぼろぼろと瓦解《がかい》していっているのだ。

春風髑髏は俺へ向けていた手を自分の顔の前でかざした。

「嗚呼、コレハ――」

表情のないドクロの顔がかすかに歪《ゆが》んだように見える。

「笑エマスネ（笑）」

途端に風景が溶け始めた。安城《あんじょう》がつくりだしていた妄想領域が、春風髑髏の消失とともに解体されていってるのか。破壊された道も壁も建物もすべて元通りになっていく。

「……はあ、はあ……終わった……のか？」

俺《おれ》のチェーンソーもボロボロと部品が取れてアスファルトに沈んでいった。

残ったのは安城《あんじょう》の指輪だけ。

「……はあ……はあ、白神《しらかみ》」

そうだ。白神は無事か？

「白神！」

傷痕《きずあと》の消えた路上に、白神は右半身を下にして横たわっていた。そばに普通のサイズに戻ったハサミが落ちている。俺は白神に駆け寄った。

近づいて気づく。白神の右腕は消えたままだった。

「無事か、白神？　痛いところはないか？　終わったぞ。ぜんぶ終わったんだ」

白神が俺を見あげた。

「……終わった」

「ああ。終わった。春風《はるかぜ》さんは……もういない」

白神は目を細め——途端に飛び起きた。

「って、一騎《かずき》くん、ひどいケガじゃないですかっ！」

「いや、べつに」

手で無造作に顔を拭《ぬぐ》う。そしたら、ぬるりとした。見たら血がついている。

俺は半袖《はんそで》に顔を押しつけて乱暴に拭《ふ》いた。

「たいしたことない」

「ありますよっ！　血がついてますし、痣《あざ》だってこんなに――」

白神が左手を俺に伸ばす。その手を俺は握りしめる。

「俺のことはいい。動ける。それよりも、白神の右手のほうが問題だ」

白神は自分の右側に視線を落とす。

「これでも、もったほうだと思います」

そう言って白神は笑った。

「なんで……」

なんで笑ってられるんだ！

また怒鳴りそうになった。でも、ぐっと呑《の》みこむ。

俺は白神に背中を見せ、その場でしゃがんだ。

「乗れ」

「ダ、ダメですよ。一騎くん、そんなにケガをしているのにっ」

「いいから」

「恥ずかしいですし」

「そんな格好でなに言ってやがる。いいから乗れ。クリニックに連れてく。早く！」

白神はためらいながらも、俺の背中に体を預けてきた。背中に白神の胸が当たる。支えるために白神《しらかみ》のお尻《しり》にも触れてしまう。いつもなら、そんな些細《ささい》なことで動揺するところだろうけど、今は全然そんな気分じゃなかった。

「急ぐからな！　ちゃんとつかまってろよ！」

「……はい」

白神は左手だけで俺《おれ》につかまる。

俺は白神を背負ったまま落ちているハサミを回収し、それから駆け出す。

○　○

五島《ごとう》クリニックはちゃんと存在していた。到着したときには、またもや全身汗だくで、すっかり息もあがっていた。体が重かった。

でも、エレベーターを待つなんてもどかしすぎて、俺は階段をのぼった。

「一騎《かずき》くん、体、痛くありませんか？」

「痛いに決まってるだろ。白神、思ったより重いしな」

「うっ。す、すみません」

「謝るな。重いってことは、白神はここにいるってことだ。まだちゃんといるんだよ！」

クリニックの受けつけ扉に体当たりする。

「笹羅《ささら》さん！　あけてください！　笹羅さん！」

俺は大声で呼んだ。春風髑髏《はるかぜどくろ》が笹羅さんを眠らせたと言っていたから、まだ目覚めてないのかもしれない。俺は扉を思いきり蹴《け》りつける。何度も、何度も。ぶち破るつもりで。

「笹羅さん！　起きてくれよ！　ここをあけてくれ！」

「……何事だ？」

扉の向こうから声が聞こえた。

「笹羅さん！　あけてください！　白神を助けてください！」

カギをはずす音がして扉が開かれる。車椅子《くるまいす》に乗った笹羅さんがそこにいた。

「頭がはっきりせんのだ……頭痛も――」

笹羅さんは俺の姿を見て、血相を変える。

「なにがあった？　どうしたんだ、そのケガは？」

「大丈夫ですから、それよりも白神を助けてください！　お願いします！」

「千和《ちわ》」

笹羅さんは白神を見あげた。目を見開き、そっと車椅子から立ちあがる。

俺にはうしろにいる白神がどんな顔を笹羅さんに見せたのかわからなかった。

「一騎くん、おろしてくれますか？」

「あ……ああ」

俺《おれ》はしゃがんで、白神《しらかみ》を床に立たせる。

笹羅《ささら》さんが白神の残っている左手を握った。

「痛みは？」

「ありません。むしろ絶好調ですよっ！　ごはん、三杯はいけますっ！」

白神が明るい声を出す。

「絶好調なわけあるかよ！」

俺は口を挟んだ。そして笹羅さんに向かって懇願する。

「お願いします。白神を助けてください」

笹羅さんは俺が知っているどの顔とも違う笑みをつくった。

「何度も言わせるな。もう、どうしようもないんだ」

「ど、どうしようもなくないでしょ！　なんのための妄想ですか！　その気になれば、なんとでもできるんじゃないんですか？」

笹羅さんはなにも言わずに首を振る。

俺は白神を見た。白神は俺に微笑《ほほえ》んで見せ、それから笹羅さんに向き直る。

「最後の報告です。無差別通り魔事件と連続自殺未遂はつながっていました。首謀者は……春風髑髏《はるかぜどくろ》です」

「どういうことだ？」

白神は春風髑髏の正体が『みんな、不幸になればいいのに』という妄想から生じた吸生《きゅうせい》種《しゅ》であり、目的達成の過程で、『吸生種撲滅委員会《きゅうせいしゅぼくめついいんかい》』に潜入していたことなどを説明した。それから、俺のクラスメイトだった安城《あんじょう》も同様に吸生種であり、春風髑髏の協力者であったことを補足する。

「《一騎刀戦《いっきとうせん》》を脅威と見た春風髑髏は、一騎《かずき》くんを排除する作戦に出ました。しかし、安城蛍《ほたる》は春風髑髏の作戦を独断で変更し、一騎くんを妄想領域に閉じこめたのです。わたしは妄想領域が展開されている場所を特定し、救出に向かいました」

白神は小さく頭を振った。

「最後はわたしのほうが助けられてしまいましたが。春風髑髏を討伐したのは《一騎刀戦》の木須《きず》一騎くんです。南《みなみ》ちゃんと同じく、わたしも彼を推薦し、『委員会』に正式承認された夢飼《ゆめかい》となることを希望します」

「おい、ちょっと待て。今はそんな場合じゃないだろ」

俺は白神の話に割りこんだ。

「最後の報告ですから、思い残しがないよう、きちんとしておきたいんです」

「最後って決めつけるなよ！」

俺は大声を出す。全身がズキズキ痛む。

「なんで諦《あきら》めてんだよ！　なんとかしようと手を尽くせよ！　そういうもんだろ！　消え

てそれで満足かよ！　自由がほしかったんじゃないのかよ！　なにが思い残しがないようだよ！　思い残せよ！　消えたくないって言えよ！」

すると、白神《しらかみ》が大声をあげた。

「消えたくないですよっ！」

白神の目から涙がこぼれる。それは妄想の涙で、実在していないものなのに、俺《おれ》の心の内側を強く引っかいた。

「決まってるじゃないですか！　でも仕方がないんです！　どうしようもないんです！　怖いですよ！　怖いに決まっています！　消えちゃうんですから！　この気持ち、なくなっちゃうんですよ！　一騎《かずき》くんにわかるわけないじゃないですか！」

そこまで言って、白神は自らを恥じるように下を向いた。

「……ご、ごめんなさい。こんなことを言うつもりじゃ……」

白神は顔をあげて、急ごしらえの笑顔をつくる。

その笑みが――揺らいだ。

白神の顔の輪郭がぼやける。ピントのずれた写真みたいに。

それは心霊写真にも似ていた。白神の体全体がわずかに透けている。

「そんな顔をしないでください。一騎くんに会えてよかったです。こんなふうに、わたしを心配してくれる人に会えて、本当によかったです。消えるっていっても、わたしの本体はここにいます。迷惑じゃなければ、ときどき会いにきてください」

俺はなにかを言おうとしたけど、くちびるが震えてしまって、油断したら泣いてしまいそうで、だから、奥歯を食いしばって、うなずくことしかできなかった。

「これで最後だろう、千和《ちわ》。望みがあれば言っておけ」

笹羅《ささら》さんが告げる。

「そうですね……」

白神は目を伏せた。前髪が顔に影を落とす。

「こんなことなら、一度くらい海を見ておけばよかったなって、ちょっと思います」

「海か」

「飛行機が海に落ちて、お父さんもお母さんも帰ってこなくて、そのせいで、わたし、なんとなく海を避けていたんです。でも、どうせなら見ておけばよかったです。二人ともそこで眠っているんですから、手を合わせておけばよかったな、って」

俺は噛《か》みしめていた奥歯を解放して、口を開いた。

「なら、行こう」

「え？」

「海だ。今から行こう。思い残してるじゃないか。だったら、行かないとダメだ」

俺は白神のまだ消えていない左手を握る。強く握ったら、俺の熱で雪みたいに消えてしまうかもしれないと思って、できるだけ優しく。

「俺《おれ》が連れてってやる」

「でも……」

白神《しらかみ》は笹羅《ささら》さんを見た。笹羅さんは微笑《ほほえ》む。

「いいじゃないか。海。行ってくるといい」

白神はなにかを言おうとして、でも、それは言葉にはならなかったみたいで、口を引き結んだ。深く頭をさげる。

「……お世話になりましたっ！」

「気にするな。好きでやっていたことだ」

「時間がないだろ、行くぞ」

俺は白神を引っ張った。二人で階段を駆けおりる。

雑居ビルの外へ出ると、あたりはすっかり夜だった。スマホを見る。もうすぐ九時だ。近くに砂浜はないけど、海に面した公園がある。ここからなら歩いて二〇分くらいの距離だった。でも、二〇分は惜しかった。

雑居ビルのそばに自転車が何台か置いてある。すぐ目の前に『駐輪禁止』の看板があった。「発見次第、撤去します」という注意書きもある。通行人はゼロじゃなかったけど、俺は瞬間的に妄想のチェーンソーを生み出していた。暗いし、自然に行動すれば誰《だれ》もなにも言わない。俺は荷台のある自転車を選んでロックされているカギを切った。

「か、一騎《かずき》くん、ダメですよっ」

「あとで戻しとく」

「そんなこと言って、カギ壊しちゃってるじゃないですかっ、犯罪ですよっ」

「そうだ。もう壊しちゃったから、ガタガタ言うなよ」

俺はサドルにまたがり、ペダルに足をかける。

「うしろに乗れ」

「二人乗りも違反行為です」

「知ってる。前は乗ったじゃないか。早くしろよ」

白神は頬《ほお》を膨《ふく》らませてから、おずおずとうしろの荷台に横になって座った。

「ちゃんとつかまってろ」

白神が俺の背中にくっついてくる。左手が俺の腹部に回された。白神の体温を感じられなかった。

「行くぞ」

俺は思いきり体重をかけて自転車を飛ばした。体中が痛い。焦燥感にかき立てられて運転が荒くなった。おかげで怒鳴られもしたし、クラクションも鳴らされた。

「わわわっ、危ないですよっ」

白神《しらかみ》がぐいぐい俺《おれ》の腹のあたりを引っ張る。

「黙ってろ。舌噛《か》むぞ」

徒歩で二〇分かかるところを五分に短縮した。

「着いたぞ」

「着きましたね」

白神は自転車からおりた。俺も自転車からおりる。そのまま、公園の入口に転がした。

海は真っ暗だった。穏やかな波の音が聞こえてきた。海に面してベンチが並び、そのうしろには芝生が広がっている。時間が時間だけに、人の姿は多くない。何組かのカップルがベンチに座って海を見ながら語らっているくらいだった。

白神はキョロキョロしたあと、あいているベンチに向かっていった。一度、俺を振り返り、手招きをした。うなずいて、白神のあとを追った。二人で並んで座る。

「近くで見なくていいのか?」

柵《さく》の近くまで行ったっていいはずなのに。

「少し、怖いので」

「……そっか。あ、そうだ。これ、返しておく」

回収しておいた白神のハサミだ。

「ありがとうございます」

白神は左手でハサミを受け取った。握りしめながら海に目をやる。

俺も白神の視線を追うみたいに海を眺めた。遠くに工場の灯《あか》りが見える。

「一騎《かずき》くんと初めて会ったのは、ついこのあいだのことなのに、なんだか、すごくむかしのことみたいですね」

初対面のときのことを思い出し、俺は少し笑う。

「公園でゴミ箱の中から足が生えてたから、俺、最初は事件だと思ったんだよ」

光を反射する波を見つめながら俺は言った。

「あのときは、こんなことになるとは思わなかった」

白神の言うとおり、ついこないだのことのはずなのに、ずっとむかしの出来事のようにも感じる。その一方で、すべてがあっという間だったようにも思う。

「《眼球職人》《がんきゆうしよくにん》とか《心中請負人》《しんじゆうけおいにん》とか、今だから言うけど、本当はすごく怖かったんだ」

「一騎くんはいつだって勇敢でしたよ」

安城《あんじよう》のことが頭をかすめる。でも、思い出さないように努めた。

「投げ出したっておかしくありませんでした。でも、一騎くんは一緒に立ち向かってくれました。わたしは一騎くんに会えてラッキーでした。一騎くんの役に立てて光栄です」

「その言いかた、やめろよ。役に立つとか、関係ないだろ」

「でも、それがわたしの存在意義ですから」

「関係ないよ。役に立つとか、立たないとか、そんなのどうでもいいよ。そういうことじゃないんだよ。俺《おれ》は……怖かったって言ったばかりだし、こんなこと言ったら不謹慎《ふきんしん》かもしれないけど、実は、俺は白神《しらかみ》と一緒にいて楽しくもあったんだ。わくわくもしたんだ。《心中請負人《しんじゅうけおいにん》》のときは、すげえ怒られたけど」

「うん。あれは一騎《かずき》くんが悪いと思います。わたし、まだ怒ってますから」

「うん。今、思い返すと、よくあんなことできたなと、俺も思うよ。これまでの俺だったら無理だった。たぶん逃げてた。なのに、どうしてだか、できたんだ。勇気が出たんだ。逃げなくてよかった」

あれは白神がそばにいてくれたからできたんだ。そう思う。

「だから、その……俺も白神に会えてよかった。そもそも命の恩人だもんな」

「そう言ってもらえると救われます。一騎くんを巻きこんでしまったから、ずっと申しわけなくて……。でも、あの……わたしも、不適切な言いかたかもしれませんけど、楽しかったです。わたし、ずっと友だちがいなかったので」

あ、でも、南《みなみ》ちゃんは友だちですけどっ、と白神は慌てたようにつけたす。

「一騎くんや菜月《なつき》ちゃんと、ごはんを食べたりできたのも嬉《うれ》しかったです。菜月ちゃんのお料理、とても美味《おい》しかったです」

「あいつは料理が得意なんだ」

「それから、えっと……安城《あんじょう》さんのことは……」

「いい。気にするな。それは俺が自分で整理する」

「そうですか。そうですね」

そこで会話は途切れた。静かな波の音。どこかで笑い声がする。

「なあ、白神、やっぱりさ」

俺は隣を見た。でも、そこに白神の姿はなかった。

「……白神？」

どこからも返事はない。ベンチにはネコのストラップがぶらさがったハサミだけが落ちていた。

海を見た。俺はそれを握りしめる。

俺はしばらくベンチに座っていた。海の水はしょっぱいんだろうな、とか、よくわからないことを考えながら、

○　○

自転車はどうしたかって？　そんなもん、放置したに決まってる。知るか。

一時間以上かけて歩いて帰ったら、菜月にものすごく心配された。

全身ケガだらけだったから、ケンカでもしてきたと思ったらしい。

俺《おれ》は何度も「大丈夫だから」と答えた。

翌日から、俺は風邪を引いて、三日間も寝こんだ。吐き気はなかったけど、高熱と頭痛が続いた。菜月《なつき》がおかゆをつくってくれた。ベッドの中で朦朧《もうろう》としている中、誰《だれ》かがお見舞いにきてくれたような気がする。

でも、それは夢だったのかもしれない。

完全回復するまで、さらに数日かかった。そのあいだに雨が降り、気温も急に低くなった。久々に登校すると、長袖《ながそで》のやつが多くなっていた。

教室に入り、友人たちから「おお、蘇生《そせい》したか」などと声をかけられ、「死んでねえよ」などと返しながら自分の席に向かう――と。

「おはよ、カズくん」

前の席に安城蛍《あんじようほたる》が座っていた。

おかげで、俺はその場で固まってしまう。

ありえない。だって、安城は消えたはずなのだから。もう、ここにはいないはずなのだから。これは幻か……。

「おーい、なに固まっちゃってるわけ？」

安城の幻は俺の顔の前で手を振った。

「なになに、ボクの美しさに見惚《みと》れちゃってるのかな？」

幻のわりによくしゃべるな、と思った。

「しょーがないなー。じゃあ、これで目覚ましておくれ、お姫さま」

安城は少しだけ体を傾けて、俺にキスをした。

触れるだけの軽いキスだ。柔らかな感触と甘い香り。

途端、「おおおおっおぉおおおっ」と、教室内がどよめきに満たされた。

それはつまり、みんなにも安城が見えているということを意味しているわけで。

俺は確かに安城に触れていたわけで。

ということは——。

「うぉああああっ!?」

「目、覚めた？」

俺は後ずさる。足がもつれて、その場で思いきり転んだ。

「大丈夫？」

安城が俺を覗《のぞ》きこんでくる。俺は急いで起きあがり、安城の手を取った。

「ちょっと来い」

「あん、カズくんったら強引。でも、そういうのも、ボク、嫌いじゃないよ？」

公開キスの直後だから、みんなが俺たちを囃《はや》す。甲高い口笛まで吹かれた。何人かの男子は「木須《きず》コロス」「木須呪《のろ》ワレロ」「木須ノＰＣウィルス感染シロ」などとつぶやいていたけど無視だ、無視。

安城《あんじょう》を引っ張って、いつだか白神《しらかみ》を連れていったように、屋上の手前まで移動する。

「ここで情事に及ぶわけだね？」

「及ばねえよ！　っていうか、なんでいるんだ？　おまえは……」

消えたはずだ。

「なんだよー。お見舞いにも行ってあげたでしょ？　感謝しろーい」

寝こんでいるあいだ、誰《だれ》かが来た気配はあった。あれは安城だったのか。

「どういうことなんだ？　どうなってるんだ？　わけがわからない」

「あ、五島笹羅《ごとうささら》から連絡事項。『委員会』が正式にカズくんを夢飼《ゆめかい》に採用する方向だから、クリニックに来いって」

「じゃなくて——ん？　おまえ、笹羅さんと会ったのか？」

「うん」

「いや、そこでもなくてだな。ちょっと待ってくれ。俺《おれ》のスペックでは一度に処理ができない。まずは、なんでおまえがここにいるのか話してくれ。おまえは……あれか？　有幻《ゆうげん》核《かく》から再生したのか？」

《眼球職人《がんきゆうしよくにん》》も倒した直後に、有幻核から復活していた。

「うーん、ちょっと違うかな」

　安城は壁に体を預け、下を向きながら片足をぶらぶらさせる。

「力を使い果たしたボクは、消えるはずだったんだ。その覚悟もした。ただ、なんか消えなくて……あ、そうだ。指輪返して。持ってんでしょ？」

　安城が俺の目の前に手を突き出す。

「あ、ああ」

　拾っておいた安城の指輪はポケットに入れていた。

「それ、ボクの有幻核」

「そうなのか……でも、そうかもって、少し思ってた」

「お見舞いのときに回収しようかと思ったんだけど、カズくんから直接渡してもらおうと思ってやめといた。はめて」

「あのさ、これ、拾ったとき、欠けちゃったんだけど……」

「だろうね。ボクは一度、確実に消えたんだもの。いいから、やって」

　少し戸惑ったけど、誰が見てるわけもないんだし、いいかと思った。

　安城の華奢《きゃしゃ》な手を取って、小指に指輪を通す。

「薬指だったら結婚式みたいだったのにね」

　顔をあげて少し恥ずかしそうに、にへっ、と安城は笑った。

「妄想から生まれた吸生種《きゅうせいしゅ》はさ、いわば最大公約数なんだよね。そこでは『個』の概念が希薄なわけ。でも、ボクの場合、自我が発達しすぎたみたいなんだ。そのせいで、有幻核《ゆうげんかく》とは関係なく、また目を覚ましてた……ってのが、五島笹羅《ごとうささら》の見立て」

「……自我」

白神《しらかみ》の有幻核が『心』だったことが、頭をよぎる。

「アイドルが恋人をつくっちゃいけないのと似てるかな。アイドルに『個』は必要ない。大勢の妄想を引き受ける受け皿であったほうがいい。だから、ボクは誰《だれ》か一人を選んじゃいけなかった。でも、選んじゃったわけで」

そこで、ちらっと俺《おれ》を見る。目が合って、安城《あんじょう》は照れたように下を向いた。

「えっと、それで、カズくんのそばにいると、安定していられるっぽくて」

「そうなのか？」

「うん。一応、『委員会』の監視下に置かれるし、春風髑髏《はるかぜどくろ》の件とかいろいろ調査に協力しなきゃなんだけど、なんか今までどおり学校には行ってもいいらしくて……でも、その、カズくんはボクがいたら迷惑？」

俺を見ないまま、不安そうに安城はぼそっと言う。俺は大きくため息をついた。そのため息に安城はびくっと肩を揺らす。拳《こぶし》を握りしめている。

俺はいつもそうしていたように軽いチョップを安城のおでこに入れた。

「あてっ」

「アホ、迷惑なわけあるか。安城と会えて、嬉《うれ》しいに決まってるだろ」

たとえ、俺たちが本当の幼なじみでないのだとしても、一緒に過ごした日々が、全部、消えてなくなるわけじゃない。あれがすべてウソだったわけじゃない。

「……ほんと？」

「本当だ」

「ほんとにほんと？」

「ああ。お帰り」

安城は一拍ためてから――俺に飛びついてきた。

「ただいま！」

でも、いきなりすぎて、俺は抱きとめる用意とかできていなかった。思いきり押し倒され、後頭部を床に、ごん、と打ちつけてしまう。

「がっ!?」

目の前を星が飛んだ。「星が飛ぶ」というと、なんかリリカルな表現だけど、本当はかなり危ないいんじゃなかったっけ？

「うわっ、カズくん、ごめん。カズくん、カ――」

安城の声が……遠のい……て……い、く……。

○

一分くらい気を失っていたらしい。ちょっとした脳震盪《のうしんとう》だ。

本当なら病院に行って、検査してもらったほうがいい。

ただ、安城《あんじょう》が「修復しといたから平気」と言ったので、まあ、大丈夫なのだろう。修復ってなんだ、と思ったけど、怖いので確かめないでおいた。過去に背中を刺されても生き延びたんだし、常識で考えるのはよそう。教室に戻ると、みんなの視線が俺《おれ》と安城に注がれているようで落ち着かなかったけど、気づかないフリをした。

時間になって担任が入ってくると、安城がちらっとこちらを振り向いた。

「あのさ、カズくん」

「前向いてろよ」

「いや、伝えるタイミングがむずかしかったから、まだ言ってなかったんだけど」

担任が「おはようございます。じゃあ、ホームルームを始めます」と言った。

「なんだよ?」

俺は小声で安城に返す。

「彼女、目を覚ましたんだよ」

「あ？」

「妄想の喪失と覚醒《かくせい》との因果関係は今のところわかってない」

「えーっと、では、最初に転校生を紹介します」

担任が前方のドアに視線をやる。

「入って」と、うながされて、一人の少女が姿を現す。

俺の口から漏れた「あ」という声は、クラスメイトたちのどよめきに紛れた。

安城が続ける。

「長年、眠りについていたけど、肉体的には問題がなかった。五島笹羅《ごとうささら》の配慮で、彼女も年齢相応の学校に通えるようになったわけ。手続き的にはいろいろイカサマをしたみたいだね。ま、ボク的には、ちょっと複雑なところでもあるけど」

少女はクラス中の視線を浴びて、少し縮こまるように歩く。

うちの高校の制服をきちんと着ている。

「ただ、彼女と、カズくんが知っているあの子は別人だよ。それは覚悟して」

俺は少女から安城に視線を移した。安城はどこか悲しげに微笑《ほほえ》む。

「あの子は、あくまでも妄想だったから。記憶は共有されていない」

少女は緊張した様子で教卓の横に立った。

「し、白神千和《しらかみちわ》といいます。えっと、病院に長くいたので、学校に通っていませんでした。慣れるまで時間がかかると思います。あの、わたし、ドンくさいので。今もすごく緊張してます。でも、仲よくしてもらえたら嬉《うれ》しいです。よろしくお願いしますっ」

白神は頭をさげた。俺《おれ》の知っている白神だったら、そうすると肩の上を長い黒髪が滑り落ちる。でも、今教室にいる白神の髪は短かった。

俺の知っているあいつではないのだ。

拍手が鳴る。白神は一度、この教室に飛びこんできたことがあったのだけど、誰《だれ》も同一人物だと気づいていないようだ。髪の長さが違うし、もうメイド服でもないからだろう。

俺は拳《こぶし》を握りしめていた。

心臓の鼓動が速くなる。笑い出しそうだった。泣き出しそうでもあった。

自分でもどうすればいいのかわからなくて、俺は思わず立ちあがっていた。椅子《いす》の足が床をこすって、ギギッ、と耳障りな音を立て、みんなが俺を見た。白神も俺を見た。

「俺、木須一騎《きずかずき》っていうんだ。よろしく」

周りの男子どもが「なに勝手に自己紹介してんだよ」「おまえには安城《あんじょう》がいるだろ」「電車のドアに挟まれて恥をかけ！」などと俺をなじった。すべて無視する。

白神は俺にいきなり声をかけられて驚いたみたいだった。でも、すぐに微笑《ほほえ》む。

神千知

「お名前が回文になってるんですね。おもしろいですね」

それは俺《おれ》が最初に白神《しらかみ》に名乗ったときと同じ反応だった。

そして、白神は口に出してから眉根《まゆね》を寄せる。

「あれ、わたし……」

安城《あんじょう》は白神の記憶は共有されていないと言った。

そうなのかもしれない。でも、そんなことは重要じゃない。

俺はカバンの中からハサミを取り出す。ネコのストラップがぶらさがっているやつ。

握りしめて、白神のそばに近づいていった。

「これ、白神の。忘れもの預かってた。返すよ」

「忘れもの、ですか？　でも、わたしは……」

白神は俺が差し出したハサミを受け取り、しげしげと眺めて――。

「……っ」

なにかをつぶやき、パッと顔をあげる。その瞳《ひとみ》が一度、大きくなった。

俺は白神に笑いかける。

「おはよう、白神。ずいぶん、寝ていたじゃないか」

おわり

あとがき

こんにちは、二階堂紘嗣《にかいどうひろし》です。

今回はページの都合により、きみしま先生と半分ずつのあとがきとなっております。

本編のほうはチェーンソーでＰＣに切りかかるくらいの気持ちで執筆しました。楽しんでいただけたら幸いです！

最後に、担当様、美しいイラストで作品を飾ってくださったきみしま青《あお》先生、関係者の皆様に感謝いたします。

それでは、また、どこかで～。

二階堂紘嗣

こんな小さなスペースで
どちらか選べなかった…優柔不断。
こんにちは、きみしま青です。
久しぶりのノベルのお仕事でした。
お話、心に響くものがあり
とても大好きでした。
描きたいと思っているものも
描けてとても楽しかったです。
自分が大切に想うもの
忘れないでいたい。
二階堂先生、編集Oさま、読者さま
KADOKAWAさまに感謝を。
Kimishima
2016.6.24

MF文庫J

妄想少女の観測する世壊

発行	2016年7月31日　初版第一刷発行
著者	二階堂紘嗣
発行者	三坂泰二
発行所	株式会社 KADOKAWA 〒102-8177 東京都千代田区富士見2-13-3 0570-002-001（カスタマーサポート） 年末年始を除く 平日10:00～18:00まで
印刷・製本	株式会社廣済堂

Printed in Japan　ISBN 978-4-04-068454-3 C0193
http://www.kadokawa.co.jp/

【 ファンレター、作品のご感想をお待ちしています 】
〒102-0071 東京都千代田区富士見2-13-12
株式会社KADOKAWA　MF文庫J編集部気付「二階堂紘嗣先生」係「きみしま青先生」係

二次元コードまたはURLより本書に関するアンケートにご協力ください。

http://mfe.jp/fvs/

●一部対応していない端末もございます。
●お答えいただいた方全員に、この書籍で使用している画像の無料待受をプレゼント!
●サイトにアクセスする際や、登録・メール送信時にかかる通信費はご負担ください。
●中学生以下の方は、保護者の方の了承を得てから回答してください。